指先まで愛して　～オネェな彼の溺愛警報～

目次

第一章　ハーデンベルギア　～運命的な出会い～

冷たい空気に身体が縮こまる季節。

鼻がツンとして息をするたびに痛くなり、マフラーに隠れない耳が真っ赤になる。

そんな冬も本番になってきた一月の中旬。楠沢《くすざわ》紗雪《さゆき》は、往来の激しい街の中を歩いていた。

終電も近いこの時間、電車に乗る人々は、急ぎ足で駅へ向かっている。

けれど紗雪は急ぐこともなく、いつもと同じ足取りだ。それは、一種の諦めからくるものだった。

今の会社に入社して、もう四年目。誕生日も過ぎ、紗雪は二十六歳になっていた。

普通そのくらいの年頃の女性は、仕事もプライベートも充実し、身なりにも気をつかっている。

けれど仕事帰りのはずの彼女は、近くのコンビニへ行くような姿だ。

美容院に行けず伸びっぱなしの黒い髪は、手入れの悪さを隠すために黒いゴムで一つに纏《まと》め、顔はかろうじで日焼け止めを塗っているだけで、ほとんどすっぴんに近い。

彼女の肌は青白く、けして健康的には見えなかった。

着ているコートは数年前に流行したもの。

首に巻いているマフラーは、大学生時代から愛用し続けているもので、少しほつれている。スーツを着ているのに、足下は運動靴。それもかかとがすり減っていて、いいかげん買い換えなければならないくらい使い古している。

やがて来た満員電車に乗った紗雪は、ぼんやりと外を眺《なが》めた。

窓ガラスに映る自分の姿に泣きたくなり、現実逃避するようにマフラーで鼻を覆《おお》う。そして、目を伏せた。

そうしているうちに、三十分ほどで電車が最寄り駅に着く。

彼女は、駅前にある二十四時間スーパーで売れ残りのお弁当を買い、そこから十分くらいの距離にあるマンションへ帰った。

テーブルの上に無造作にお弁当を置き、お茶と一緒に夕食をとる。そしてシャワーを浴びてベッドの上に寝転がった。

一人で住むには少し広いこの部屋にいると、余計に孤独感が押し寄せてくる。会社にいても自宅にいても息苦しくて、どうやって呼吸をすればいいのかわからない。

何社も採用試験を受けて、圧迫面接と不採用通知の山に心を折られ、それでも笑顔を貼りつけて就職したのが、今の会社だ。ＩＴ系のその会社に、紗雪は営業事務として入った。

これで自立ができ、両親にも安心してもらえると思っていた。

最初の半年は大変だけれどやりがいがあると感じていた。だが、一年も経つと、会社の異常さに気がつく。

紗雪が働いている会社は、簡単に言ってしまえばブラック会社だ。

仕事は始発から終電まで続き、サービス残業は当たり前で、土日も休みが滅多にない。ほとんど三百六十五日毎日働いている。

当然、二年ほど前に会社を辞めようと思い、上司に相談した。だが、辞めるためには専用のフォーマットが必要だと言われる。それが欲しいと頼んでも、彼は一向にフォーマットをくれない。

いつの間にか同期が何人も来なくなった。噂では、彼らが出社しなくなったあと、会社の人間に自宅まで押しかけられたとか、近所に悪質なデマを流されそこに住めなくなったなどと聞く。それが嘘か本当かはわからないけれど、結局、同期とは連絡がとれず、恐怖だけが残っている。

それに、どうにかしなきゃいけないと考えられていたのは最初だけだった。始発から終電まで昼休憩もほとんどとれずに働いているうちに、思考は停止していく。自宅に帰ってからは眠るだけ。その睡眠も短いもの。慢性の睡眠不足だ。

紗雪は、自分がまるでボールペンみたいだと思う。

ガリガリ削られ、インクがなくなったら捨てられる。そして別のインクという名の人が新しいボールペンになるのだ。

もうすぐ自分のインクはなくなる気がする。

その時残るのはなんだろうか？

そこまで考えて、彼女は息を深く吐き出して立ち上がり、キッチンへ向かった。長年愛用しているティーポットとティーカップを取り出して、ケトルでお湯を沸かす。

彼女の唯一の趣味は紅茶を淹《い》れることだ。

どれだけ忙しくても、この習慣だけは欠かさないようにしている。

夜寝る前にカフェインレスのフレーバーティーを飲むのだ。今日は、ビタミンCが豊富なハイビスカスがブレンドされたものにする。

手慣れた順序で紅茶を淹《い》れていった。

紗雪はベッドの縁《ふち》に座りながら、ほのかにローズが香るルビー色の紅茶を一口含む。爽《さわ》やかな酸味が口の中に広がり、心が落ち着いた。

この瞬間だけは、自分が自分であるような気がする。すり減った心が、なんとか保たれているのはそのおかげだ。

そして今日も、ティーポットを片付けて、紗雪はベッドに潜《もぐ》り、眠りについた。


翌日の金曜日。

いつものように紗雪が始発で出社すると、オフィスにいる人たちの雰囲気が違っていた。

どうも誰も彼もがそわそわしているように見える。その反面、課長はいつも以上に機嫌が悪そうだ。

紗雪が不思議に思っていると、会社がテナントで入っているビルに早朝、不具合が発見されたらしい、と同僚が教えてくれた。急遽、点検のため今日の夜八時から土日の間、ビルが閉鎖になるそうだ。

このビルはそこそこの築年数で、定期的にさまざまな点検をしている。だが、ここ数年の度重なる災害で他にもおかしくなっている箇所がないか徹底的に点検したい、というのがオーナーの意向のようだ。

つまり、今日は久しぶりに終電前に帰れる。

紗雪は、社員が心ここにあらずという状態になり、課長がピリピリしているわけを理解した。

終電前に帰れるなんてどれくらいぶりだろうか。

入社して半年が経った頃からどんどん残業が長引き、土日が少しずつ削りとられ、三年目には二十四時間三百六十五日仕事をするようになっていた。

紗雪はそわそわとその日を過ごし、不機嫌な課長にどやされつつも八時に会社を出る。

この時間帯に外に出ることがしばらくなかったせいか、人や開いているお店の多さに驚いた。

寄り道をする余裕があるはずなのに、結局いつも通り真っ直ぐ駅に向かう。自由な時間があった頃、どんな場所に寄り道をしていたのか思い出せない。

映画が見たいわけではないし、これといって食べたいものがあるわけでもない。そうなると必然的に自宅に帰るのだが、それはそれでもったいないという気持ちが出てくる。

ふと、頭に浮かんだのは紅茶の葉専門店だった。けれど、今から電車に乗って行くとなると閉店時間ギリギリになる。せっかく行くのならゆっくりと選んで葉を買いたいので、今日はやめておこうと思い直した。

結局紗雪は自宅のある駅付近の割烹《かっぽう》料理店で夕食を済ませ、コンビニでお菓子と飲み物を買い込んだ。

コンビニは二十四時間営業だが、疲れて帰ってくるとコンビニに寄る気も起きない。買える時に買い溜めするのだ。

自宅マンションがあるのは、コンビニから緩《ゆる》い坂道を上りきった先。

坂はちょっとしたもので大変ではないのだが、疲れている彼女には、山を登っている気分だ。

コンビニの袋を持ち直して視線を下に向けて歩く。すると、何かが落ちる音と悲鳴が聞こえた。

上げた視線の先で、大柄な女性が慌てて何かを拾っている姿が見える。

紗雪の目の前にコロコロと小さくて丸いその何かが二つ転がってきた。

紗雪も急いでそれを拾う。けれど、もう一つが横を通過した。

さっきまで上がってきた坂を引き返して、彼女はその丸いものを追いかける。

なんとか溝に落ちたり、車に轢《ひ》かれたりする前に拾うことができた。

紗雪はホッとしつつ、こちらに向かってくる女性に声をかける。

「あのっ」

「やだー！　ありがとー！」

近くまで来たその女性の顔が、外灯に照らされてよく見えた。

紗雪は無意識のうちに息を呑む。

綺麗な肌に艶《あで》やかな唇、彫りの深い顔立ちは日本人には珍しく、一見ハーフのように見える。髪はアッシュグレイのセミロングで、ところどころハイライトが入っているのか、キラキラと光っていた。

あまりにも美麗なその女性の姿に、なぜか紗雪の胸がときめく。

自分はそういう気《け》があったかと錯覚してしまうほど惹《ひ》かれた。

女性は紗雪の手元を見て、明るく笑う。

「わざわざ拾ってくれたの？　優しいー。本当助かったわぁ」

「いえ、たまたま近くに転がってきたので。気にしないでください」

「気にしないわけないわよぉ。これ、アタシにしたら大切な商売道具なのよね。もう、袋が破けるなんて、予想もしなかったわ」

色気溢《あふ》れる雰囲気なのに、彼女の口調はサバサバしている。女性にしては少し低めのハスキーボイスが耳にとても心地よい。

「そういうことって、たまにありますよね。……あの、よかったら運ぶの手伝いましょうか？」

「いいの？　助かっちゃう！　ほら、アタシの鞄、すでに中身がぱんぱんでもう入らないし、両手いっぱいで塞《ふさ》がっちゃうしで、途方に暮れそうだったの。天使みたいな女の子って本当にいるのねぇ」

にこにこと魅惑的な唇が弧を描く。

それだけで、紗雪は心臓が止まってしまうのではないかと心配になった。

……素敵な人。

女性でも、好みの容姿の人を前にすると、こんなに気分が高揚するものなのか。

紗雪は二十六歳にして新たなことを知った。

そのまま歩き出した女性のあとを追う。そして、着いたのは、紗雪の住むマンションだった。

驚いた紗雪は、女性にそのことを告げる。

「あら、同じマンション？　何階？　ちなみにアタシは二階」

「私も二階です」

「うっそ、こんな偶然ってある？　もしかしてアタシたち運命なのかしら？」

真面目な顔をしてそんなことを言う女性が面白くて、紗雪は自然と笑ってしまった。

こんなふうに笑うのは、とても久しぶりだ。

楽しく会話をしながらマンションに入り、彼女の部屋へ向かう。紗雪の部屋の二つ先の角部屋が女性の住まいだった。

玄関先でおいとましようとした紗雪に、女性が「お礼がしたいし上がって」と言う。気がつくと紗雪はふらふらとスニーカーを脱ぎ、その言葉に従っていた。

普段の彼女であれば、たとえ相手が同性であろうと同じマンションに住む人であろうと、簡単に他人の家へ上がったりはしない。お礼などいらないと断っただろう。そのくらいの警戒心はある。

けれど、仕事で思考能力が低下した状態で素敵な人に誘われたせいか、簡単に頷いていた。

女性の部屋に上がった紗雪は、そこが自分の部屋よりも広いことに気がついた。

紗雪の部屋は1DKだが、この部屋は2LDKある。

このマンションは部屋によって間取りが違うので、変なことではない。ただこの女性が、自分よりも明らかに高収入ということだ。

彼女の部屋は綺麗に整頓されており、欧米風のインテリアが飾られている。白を基調とした壁や雑貨に、ナチュラルな家具。まるでどこかのお店のようだ。

女性は持っていた荷物をキッチンに置き、温かいお茶を淹《い》れてくれた。

ほうじ茶のいい香りが鼻腔《びこう》をくすぐって、なんだかとても落ち着く。

女性は紗雪の斜め前に座り、にっこりと笑いながら自己紹介をしてくれる。

「改めまして、アタシはハルよ」

「ハル……さん」

「そ、ハル。本名は可愛くないから、みんなにそう呼んでもらってるの」

「私は――」

フルネームを名乗ろうと思った紗雪はそこで思いとどまる。ハルは、名前――あだ名のようなものを教えてくれたので、自分も名前だけを名乗ることにした。

「紗雪です」

「可愛い名前ー！　ユキちゃんね。よろしく」

柔らかくハルが笑い、釣られて紗雪も笑った。

「お礼にご飯……は、抵抗あるだろうし。そうだ！　ネイルさせてもらえる？」

「ネイル……ですか？」

「アタシ、ネイリストなの。だからお礼にハンドネイルさせて。もちろん無料だし、会社が派手なの駄目なら、シンプルなものにするから」

ハンドネイルと言われて、紗雪は自分の爪を見た。

手入れをされていない指先は乾燥していて、爪の形もバラバラだ。

見せるには恥ずかしい。思わず、指先を隠してしまう。

それに気がついたのか、ハルがそっと紗雪の手に触れた。

「お手入れを始めるのは、いつからだっていいのよ。綺麗になりたいって気持ちがあれば、それで十分だし、アタシはお礼がしたいだけ。たかだか爪の先と思うかもしれないけど、目に映る自分が綺麗だと、気持ちも上がるものよ」

優しい瞳に、紗雪はおずおずと両手を差し出した。

「お願いします」

「はい、任されました！　じゃあ、こっち座ってね。換気扇《かんきせん》が近くないと、匂いがちょっとねぇ」

換気扇《かんきせん》の近くにある小さなテーブルとイス。そこにハルはもう一脚イスを持ってきて、紗雪と向い合って座った。

小さなテーブルの上に、いろいろなものが置いてある。紗雪が名前も知らない道具だ。

「まずは、ここに手を載せてね」

その一つ、小さな枕に似た台座のようなものに、紗雪は両腕を載せる。すると、ハルに手を取られた。

紗雪はドキッとする。

ハルの指は男性のようにごつごつしていて、大きい。

もっとも、その爪先は整えられ、派手ではないがセンスのいいデザインのネイルが施《ほどこ》されていた。

ハルは丁寧に紗雪の指先を消毒していく。甘皮を処理し、やすりで爪の形を整えた。

慣れないからか、紗雪はその感覚にぞわぞわしてしまう。

「どんな感じのデザインがいいかしら」

「派手……じゃなければ」

「そうねえ。今の時季っぽくてシンプルなものがいいかも。あ、好きな色は？」

「好きな色？」

そう聞かれても、紗雪は自分が何色を好きなのかすぐには思いつかなかった。疲弊《ひへい》した頭では好きな色すら瞬時に出てこないのかと、唖然とする。

「ユキちゃん？」

「あ……好きな色、すぐに思いつかないのでおすすめでいいです」

「――ならゆっくり考えましょうよ。目に見えるのは好きなものがいいんだから」

ハルの言葉に、もう一度、自分が好きだった色を考える。

普段着るのは地味なスーツばかりで、ワードローブに明るい色味はない。

そこで、長年使っているマフラーや筆箱、ハンカチの色を思いだしてみた。

「藤の花の色とか、ノーザンライト――オーロラみたいなブルーグリーンが好き」

「いいわね。それなら、派手にならないように爪先だけのフレンチネイルにしましょう」

紗雪が伝えた色を、ハルが棚から何種類か取り出して見せてくれる。紗雪はその中から特に自分が好きだと感じた色を選んだ。

季節感はないが、あまり気にしなくてもいいだろう。季節や流行などは置いておいて、ただただ目の中に好きな色を入れたかった。

「まずはベースコート塗っていくわね。本当ならジェルネイルにしてあげたいんだけど、それだと怒られた時、簡単に落とせないし、半分以上お店に持っていっちゃってて、今、色のバリエーションがないのよねぇ」

「色ですか？」

「そ、ソフトジェルでも自爪を削らないやつのがいいんだけど、自宅にそのタイプのジェルがほとんどないのよ」

「そふとじぇる……、削らない」

紗雪はジェルネイルに詳しくない。なので、ハルが言うソフトジェルも削らないジェルも、一体なんなのか理解ができなかった。

脳内に浮かぶのは、うずまき型のソフトクリームだ。絶対にこれじゃない感しかない。

「今日は普通にネイルポリッシュするけど、今度時間がある時に、ぜひジェルネイルもさせてね」

「はぁ……」

「ふふ、ユキちゃんは可愛いわねぇ。おどおどしているように見えるけど、内面はしっかりしてそう」

「そんなことないですよ。しっかりしてたら、今の仕事だって辞めてるはずですもん」

「あら、仕事辞めたいの？」

「辞めたい……というよりは、逃げたいです。私にはあそこが監獄に思えてしまって、苦しくなります。息をするのが精一杯で、目の前の電車に飛び込んだらもう会社に行かなくてもいいんじゃないかって、いつか考えてしまいそうで怖いです」

なぜこんな話を初対面の人にしているのか。そう思うのに、ハルの柔らかい声を聞き爪に向けた真剣な眼差《まなざ》しを見ると、ぽつりぽつりと話し出してしまう。

会社がブラックなこと。前の同僚がどうなったのかという噂。心も身体も疲弊《ひへい》していてなにもやる気がおきないこと、など。

「実は、両親に相談したこともあるんです。毎日遅くまで働いて辛《つら》いって」

「ご両親はなんて？」

「母は心配してくれましたけど、父は仕事なんてそんなものだから弱音を吐かずに頑張れって」

電話したのは、少し慰《なぐさ》めてほしかっただけだ。

それなのに父にそう言われた紗雪は電話を切ったあと、泣いてしまった。

詳しいことを話していなかったので仕方がなかったのかもしれない。それにあの時は、まだブラック会社の片鱗《へんりん》が見え始めたばかりだった。

けれど紗雪は、自分が弱いんだと思い込んだ。

「弱音なんて吐き出せる時に吐いてしまったほうがいいの。言葉に出すって、結構重要なことなのよ。疲れたーとか、辛《つら》いーとか、ね。それさえ誰にも言えなくなったら、あなたが壊れてしまうわ」

「そう、ですかね」

「えぇ。完全に壊れちゃう前に修復しないと」

鼻をずびずびと啜《すす》りながら、紗雪はじっと手元を見つめる。すぐに最後の一本が綺麗なフレンチネイルになり、トップコートが塗られた。

爪の先がとてもキラキラしていて、それだけで余計に泣きたくなる。

「いい子ね。こんなに頑張って、こんなにすり減って。アタシが言うのもなんだけど、もう頑張らなくたっていいのよ？　休憩だって必要なんだから。アタシじゃ役に立たないかもしれないけど、話は聞けるわ。辛《つら》くなる前に、なんでもいいからくだらない話をしましょ」

「はい……」

ハルが紗雪の頭を優しく撫《な》でた。その手がティッシュを渡してくる。

誰かに話を聞いてもらいたかったのだと紗雪は自覚した。このやり場のないどうしようもない感情を吐き出したかったのだ。

けれど、愚痴を聞いてくれていた友達や恋人は去っていった。これ以上なにも失いたくないという気持ちが言葉にするのを諦めさせた。

頑張ったねと言ってほしかった。もう頑張らなくてもいいと優しい言葉をかけてほしかった。

ただ、それだけだった。

——この日、紗雪は会社を辞める決意をした。

第二章　ガーベラ　～常に前進～

普段であれば休日出勤をする土日。

その一日目の土曜日を、紗雪はとにかく眠ることに費《つい》やした。

寝溜めができないことは理解している。けれど、慢性的な睡眠不足に陥《おちい》っている彼女にとって、ごくまれにある休みの日に眠り続けることが贅沢《ぜいたく》なのだ。

もちろん、学生の頃のように十時間以上眠り続けることは不可能で、途中何度か起きてトイレに行ったり、軽く食べたりしながらもほとんど寝て過ごす。

そして日曜日は、スーパーへ買い物に行って、ここ最近まったくしていなかった料理をした。

途中でふと、ハルにお礼としてこれを持って行こうかと考えたが、見た目がよくなかったため断念。

味は美味《おい》しい。美味《おい》しいのだが、あのキラキラして綺麗なハルに、ぐちゃっとしている食べものを手渡す勇気が、紗雪にはない。

お礼はまた今度ゆっくり考えることにする。

代わりというわけでもないが、貯金残高を確認した。会社を辞めたとしてどのくらい生活できるかを計算する。

節約すれば、数ヶ月は問題なく暮らせそうだ。
二、三ヶ月は、なにもしないで過ごしたい。
そこから就職活動を再開するとして、どの程度で次の会社が見つかるだろうか。

不安なことや考えなきゃいけないことは、多い。

それでも紗雪は、どうにか自分の思考が再開したことに安堵《あんど》を覚えた。


そして翌日。

紗雪はいつものように始発で仕事に赴《おもむ》いた。

デスクに向かって仕事をしていると、自然と爪の先の色が見える。ふと手を止めて、塗ってもらったばかりの綺麗な爪先を眺《なが》めた。

自然に小さな笑みが浮かぶ。暗い気持ちが浮上していった。

たかが爪先、されど爪先。

「楠沢！」

「……はい」

気持ちに少し陽《ひ》が当たっていたのに、かけられた課長の声ですぐに曇る。紗雪は心に防御壁を作った。

「この資料。なんでこんな雑なもん作れるんだよ。その頭はお飾りか？　あぁ？」

「申し訳ございません」

「謝ればなんでも許されると思ってんじゃねぇぞ。それになんだ、その爪。なに調子のってんだよ！　お前にそんなのが許されるわけないだろ」

「はい、申し訳ございません」

「ほんっと、お前の頭の中はそういったことしかないわけだ」

デスクの上に資料を投げつけられる。

紗雪はため息をつきながら、一体この資料のどこが雑だったのかを考えた。

これは課長の指示通りに作ったもので、紗雪個人がレイアウトしたものではない。結局のところ、作り方が悪いのではなく課長に八つ当たりされただけだ。

こんなことは日常茶飯事《さはんじ》。

紗雪は息を深く吸い込んで、パソコンに向き直る。そして、仕事の合間にそれとなく他の社員が会社をどう思っているのか、情報収集を始めた。

やはりどの人も会社を辞めたいらしい。

だが、疲れと恐怖で思考が切れてしまっている人ばかりだ。

そんな中、彼女と同じようにこの休みで正常な判断力をとり戻した人がいた。

「楠沢」

「降旗《ふるはた》さん、お疲れさまです」

声をかけられ振り向いた先には、先輩で営業職の降旗がいる。彼に手招きされ、紗雪は廊下の隅へ連れていかれた。

「――ちょっと小耳に挟んだんだけど、会社、辞めるのか？」

「そのつもりです」

小さな声で答えると、降旗は大きく頷く。

「実は俺も数ヶ月のうちに動く予定なんだ。転職するつもりだったんだが、せっかくだし独立しようと考えてる」

「独立ですか。凄《すご》いですね」

紗雪は彼の言葉を聞いて、単純にそう思った。

自分の業務は営業事務だが、正直この仕事が好きかと問われれば否だ。

数字を追いかけ、営業に八つ当たりをされる毎日で、どこを好きになればいいのかわからない。

それに黙々、淡々と仕事をするのが苦痛だ。

今ではさすがに慣れたが、同じことを繰り返す日々に飽きている。慢性的に寝不足というのも相まって、常に眠くなった。眠気のピークにはガムや栄養ドリンクなど、さまざまなものを口にして寝ないようにしている。

もちろん仕事環境が悪すぎるということもあるのだが、この会社を辞めたあとに同じＩＴ関係の業種に転職したいとは思えなかった。

営業事務というのは基本的にどこも同じようなものだろうと、紗雪は思っている。

だがこの仕事以外をやったことがないので、次をどうすればいいのか見当もつかない。

一方、降旗は同じ業種、同じ仕事を改めて自分で始めると言う。

自分にはできないことだ。

「……それで、相談なんだけど。もし楠沢がよければ、俺の会社を手伝ってくれないか？」

「え？」

「課長がなんて言おうと、お前は仕事ができる。一緒に事業を守り立ててくれたら助かるんだ」

疲れた者しかいないはずの会社の中で、彼は妙にきらきらした顔になる。

紗雪は、凄《すご》いと思うのと同時に、なぜだか少し恐怖も感じた。

「……はぁ。正直まだそういったことは考えられないので、すみません」

当《あ》たり障《さわ》りのない言葉を紡《つむ》いで頭を下げる。

降旗は「そうか、考えるだけ考えてみてくれ」と言い、なにかを思いだしたように言葉を続けた。

「それとは別なんだが、辞めた奴に話を聞いてみた」

「辞めた人にですか？」

「そ。会社の人間が自宅まで行って嫌がらせしたとか、いろいろな噂があるだろ。その真相が知りたくて、あらゆる伝手《つて》を使ってみたんだ。そうしたら二人捕まえられてさ。で、たしかに何度か連絡があったらしいんだが、直接誰かが会いに来ることはなかったって。俺たちからの電話は、なにを言われるかわからなかったし、上司の命令でかけてきたのかもしれないって不安で、取れなかったんだそうだ」

「そういうこと、だったんですか」

「ああ。だから、最悪辞表出して逃げられるのはわかった。ただ、その場合、保険や年金とかの問題が出てくるんだよな。確定申告や失業保険の手続き、次の会社のために源泉徴収票を提出したくても、この感じだろ？　俺たちに渡してくれるわけがないんだよな。そのあたりが厄介《やっかい》ではあるが、どうにかなるっていえばどうにかなる問題だ。最終的に労基《ろうき》っていう手もあるしな」

「でも、労働基準監督署なんて、余計に会社に恨まれそうですね」

二人で少し押し黙る。特にそれ以上話すこともなく、紗雪は仕事に戻った。

あまり話をしていると、怒鳴られて仕事量が増えてしまう。会話はできるだけ最低限で終わらせるのがいい。

結局以前と変わらず、彼女は終電で帰宅し、食事を取って眠った。

そして、翌日も同じように働きながら、回復した体力と精神がまたゴリゴリとすり減り始めていくことに気がつく。

このままでは駄目だとわかっているものの、辞めるためになにをしなければいけないのか、情報を集めきれない。

水曜日。

紗雪が終電でマンションに戻ると、部屋の前になぜかハルが立っていた。

「……ハルさん？」

「もぉ、やっと帰ってきたー」

彼女は紗雪を見ると、ぷくっと頬を膨らませる。

その表情に、なんだか心がホッとした。自分でも不思議だ。まだ出会って数日だというのに、ハルの存在が紗雪の癒《い》やしになっている。

「すみません」

「ううん。ブラック企業で大変だもんね。で、これ渡したくて待ってたのよ」

ハルから手渡されたのはプラスチック容器に入っている食事と、スマホと接続できるようにコネクタがついた、ＵＳＢメモリだ。

「このＵＳＢは通勤電車の中ででも見てみて。とりあえず今日はハルさん特製ご飯を食べて寝ちゃいなさい」

「ありがとうございます」

「いいのよぉ。アタシが好きでやってるんだしね」

手をひらひらとさせ、ハルは部屋に戻っていく。それを見送って、紗雪も部屋へ入った。

彼女に渡された容器の中には、ロールキャベツとサラダが入っている。電子レンジでご飯と一緒にそれを温めて、食べた。

ハルは料理が上手らしい。それは本当に美味《おい》しくて、温かい気持ちになる。

そして紗雪は、いつものようにカフェインレスの紅茶を飲んで就寝した。


翌朝。

紗雪はハルに言われた通り、出勤中の電車でＵＳＢの中身を確認した。

何個か入っていたＰＤＦの中に〝最初に読むこと〟というタイトルのものがある。

紗雪はまず、それを開いた。

【ユキちゃんへ。出勤にかかる時間がわからないから簡潔にいくわよ！】

冒頭に書かれたその言葉に首を傾《かし》げつつ、スクロールしていく。

そこには、会社を辞める方法が書いてあった。

【①まず退職願を出してみる。（課長以上の役職に渡すこと！　退職願のフォーマットPDFも入れてあるからコンビニで印刷可能よ。会社専用じゃなくても有効だからね）
②受理されたら、一ヶ月ぐらいで引き継ぎをする。（それすら嫌だったら残っている有休全部使って、退職まで休んでしまいなさい）
③受理されなかった場合、退職届を出す。（配達証明付き内容証明を郵送するのよ！）
④残業代が未払いなら、すぐに請求しましょう。
⑤その後のことは辞めたあとにゆっくり話をしましょうね。
知り合いに現役の弁護士がいるからいつでも紹介可能よ。アタシの連絡先も入れておくから、SNSでも電話でもしてきてちょうだい。時間は気にしないでいいわ。ユキちゃんのためなら夜中も起きててあげる】
（――どうして、ここまで……）
紗雪は感謝よりも先に疑問に思った。
出会ったのは数日前で、ちょっとした愚痴を聞いてもらっただけの仲だ。それなのに、なぜこんな手間のかかることをしてくれたのだろうか。

弁護士まで紹介してくれるなんて普通はない。

そう考えている気持ちの中でちらっと、弁護士に知り合いがいるなんて凄《すご》いなとも思った。

出会ったばかりのハルを、信用するのは危険かもしれない。

けれど、あの日優しくしてくれた彼女を信頼したいし、この厚意を無下にしたくなかった。

紗雪はその日の帰り道、さっそくコンビニで退職願と退職届のフォーマットを印刷した。

部屋に戻ってすぐ、それに自分の名前と日付を書き込む。

こういうのは悩んだり迷ったりしては駄目だ。やると決めたなら即行動を起こさないと、またあの日々に忙殺されてしまう。

その作業を終え、紗雪はベランダに出る。

空気が冷たい。風で身体が縮こまるが、透き通るような爽《さわ》やかさだ。

遠くの明かりをぼんやりと眺《なが》めながら、紗雪は、自分が全てをきっちり調べてからでないと辞めてはいけないという固定観念にとらわれていたことに気がついた。

少しでもミスがあれば、怒鳴られ否定される。この三年間で、それがすり込まれてしまった。

その考え方から簡単に抜け出せるわけもないが、これが第一歩だ。

その翌日。

紗雪は一日の中でまだ時間に余裕がある朝早いうちに、部長に退職願を渡す。

部長はそれを受け取って、デスクの引きだしに片付けた。にっこり笑い「まあ、この話はおいおいね」と言う。

これは受理されないだろうと直感的にわかった。

有休を消化して辞めたいと伝えたが、辞めるなら有休なんていらないだろうとも返される。

わかっていたことだが、どこまでもブラックだ。

そして、彼女が退職願を出したことはすぐに社内に広まった。

嫌な視線を向けてくる人が多く、針のむしろだ。

そのせいなのか、仕事もいつもより多く渡される。ため息をこらえつつ、紗雪がパソコンに向かっていると、降旗が近づいてきた。

「楠沢、退職願出したのか？」

「はい、出しました。けど受理はされないと思います」

「やっぱなあ。俺は俺で頑張るから、楠沢も諦めんなよ。あと、今度ゆっくり相談したいことがあるんだ。今時間を作るのは難しいだろうし、改めてな」

「はあ……」

紗雪は内心で首を傾《かし》げた。

降旗とは別段仲がいいわけではない。少し話をしたことがある程度だ。

それなのに、相談があるというのは不思議だった。一体どんな相談があるというのだろうか。

それに、紗雪は今、自分のことで手一杯なので、他人の相談に乗っている余裕がない。彼には悪いが、力になれそうになかった。

時間や気持ちに余裕があれば、誰かの相談も聞けるし、なにかしらの手伝いもしたかもしれない。

そう、今自分を助けようとしてくれているハルみたいに。

紗雪は、ふとハルのことを考える。

余裕ができたら、彼女にお礼がしたい。

（——私が無事に会社を辞めたら、ハルさんは喜んでくれるかな？　笑ってくれるといいな）

紗雪は頭の中でハルの笑う姿を思い浮かべ、息を深く吐き出した。

辞めるためには行動あるのみだ。無事に辞められるまで頑張ろう。

退職願は受理してもらえなさそうだから、やはり退職届を内容証明付きで郵送するしかない。

そうなると一度、弁護士に相談したほうがいい気がする。

しかしこれまで弁護士という人たちと関わったことがないので、どうすればいいのかわからなかった。

それに、お金を支払うことはできるだろうが、相談する時間がない。

退職願を出したことで、紗雪に任される仕事の量はますます増えている。有休は使用できるかわからない。弁護士に会う時間がとれそうになかった。

メールで相談できないか、ハルに聞いてみようか。

やることは山とある。だが自分のためだ。

そして紗雪はボロボロの状態で帰宅した。すると見計らったかのようにハルが部屋から出てくる。

目をパチパチさせていると、ハルに手招きされた。紗雪はなにも考えずふらふらと誘われるまま、彼女の部屋へ入る。

「お疲れさま、今日も一日頑張ったわね」

「お疲れさまです……」

紗雪は会社にいる時の癖で、お疲れさまと返す。けれど、疑問があったので、ハルに聞いてみた。

「あの、なんで私が帰ってきたってわかったんですか？」

紗雪は特にハルに連絡を入れてはいない。真っ直ぐ部屋へ向かっていたのに、彼女は扉を開けて手招きしたのだ。

「あぁ、ベランダよ。ベランダ」

「ベランダ？」

「ユキちゃん帰ってこないかなーって、ベランダに出て待ってたのよ。で、マンションに入ったのを確認して玄関の扉を開けたってわけ」

「そういうことだったんですね」

だからあんなにタイミングよくハルが出てきたのかと、紗雪は納得した。

「とりあえずご飯食べなさい、ご飯。食べながら今後について話し合いよ！」

「話し合い……」

「そ、迷惑かと思ったけど一回くらい話ができればいいな、と思って。アタシの知り合いの弁護士呼んでおいたの」

「え!?　今いるんですか!?　こんな時間に！」

ありがたいタイミングだ。本当にこんなことがあっていいのか。

「いるわよー」

にこにことハルは笑っているが、リビングにいる男性はこころなしかムスッとした顔をしている。

「お前なぁ、俺だって忙しいんだからな」

「はいはい、わかってるわよ。けど、高校時代サボり魔だったあんたに勉強を教えてやったのはアタシなんだから、その貸しを返してくれたっていいんじゃなぁい？」

紗雪は男性に向かって頭を下げる。彼は立ち上がり、鞄の中をごそごそと探して名刺を差し出してきた。

「ありがとうございます」

受け取った名刺には弁護士・水谷聡《みずたにさとし》と書かれている。

「一応こいつからある程度話は聞いてる。退職願は出したのか？」

「はい。今日の朝出してみましたが、受理される気がしません」

「ま、聞いた状況のブラック会社ならそうだろう。やっぱり退職届を郵送して、有休消化して辞めるのが一番だな。未払いの残業代とかあるのか？」

「わからないぐらいに……」

「なら、それを払わせるか。聞いた仕事時間を考えれば特定受給資格者にもなるな。辞めたらすぐにハローワーク行って、貰えるもん貰ったらいい。ま、詳しくは辞めたあとだ」

「はい、わかりました……」

ご飯を食べる前に、話が纏《まと》まってしまった。紗雪はただ一方的に言われたことを聞いていただけだ。

「もぉ！　そんな怖い顔して怖い言い方しないでよね！」

水谷の態度に、ハルが両腕を腰にあててぷんぷんと怒っている。ハルは紗雪より年上だろうが、その怒り方すら可愛い。

けれど水谷からはそう見えなかったらしい。

「気持ち悪いからやめろ」

眉をひそめてハルを睨《にら》む。

「ほんっと！　ほんっと！　失礼なんだから！　嫌になっちゃう！」

「事務所ではもっと穏やかに笑って優しい声を出してるよ。お前に突然呼び出されただけで、本来なら今は仕事外の時間だからな。仕事モードの俺はオフ状態なんだよ」

「ユキちゃん、ごめんね。こいつこんなんだけど、弁護士として優秀なのはアタシが保証するから！」

「ありがとうございます」

紗雪は二人に向かって頭を下げた。水谷が彼女を見下ろす。

「大丈夫だ。俺とお節介なこいつがいれば、君は今の地獄から抜け出せる」

途端にハルが口を尖らせた。

「本当のことでも、あんたにお節介って言われるとなんかイラッとするわね……。ま、アタシがいれば大丈夫よぉ！　最後までしっかりサポートしてあげる」

真正面から紗雪を抱きしめてくる。

紗雪の目の前が、急にぼやけていった。感謝の気持ちでいっぱいになっているのに、うまく言葉を発することができない。

喉《のど》も鼻も痛くて、身体が熱かった。

「こんな小さい身体で精一杯頑張ってるだもんね。大丈夫よ……大丈夫」

背中を撫《な》でられると、ますます泣きたくなる。

ふいに水谷が呆れたような声を出した。

「おい、食うなよ」

「ちょっと、段階踏んでるところなんだから、余計なこと言わないでちょうだい」

「はいはい。じゃ、俺は帰るぞ。またなんか会ったら呼んでくれ。ま、その子のために働いてやるよ」

「そ、馬車馬のように働きなさい」

「うるさいな。お前には時間外手当、請求してやるからな」

紗雪はぐすぐすとハルの温かい胸の中で鼻を啜《すす》った。

そうしながらも、ハルと水谷の会話はどこか不思議だなと思う。

水谷のハルの扱い方は、女性相手という感じがしなかった。それに先ほどの食うという言葉の意味がいまいちよくわからない。

けれど、深く考える前に、弁護士費用のことが頭を過《よぎ》った。

「あ、あのっ！」

水谷を呼び止めようとしたが、彼は玄関から出ていってしまったあとだ。

失敗したと落ち込む紗雪の顔をハルが覗き込んできた。

「もしかして相談料のことを心配してるの？　それは余裕ができたらちゃんと説明するわ。友達割引があるから、そんな法外な額にはならないわよ」

「でも、時間外手当って言ってました」

「それはアタシあての話よ。ユキちゃんは気にしなくてもいーの。考えるのは会社を辞めることだけにしなさい」

「……わかりました」

お金のことは会社を辞めてからきっちりしよう。今まで使う時間がなかった給料がそれなりに残っている。

紗雪は今はまず会社を辞めることだけを考えて、行動しようと決めた。

ふいにハルが紗雪に謝る。

「本当、ごめんね」

「なにがですか？」

「USBには連絡待ってるとか紹介するとか書いたくせに、先走って弁護士勝手に呼んだりして。迷惑とか傲慢《ごうまん》だとか思ったら、言ってね」

ハルは紗雪の手をぎゅっと握る。

眉を下げてしょんぼりと返答を待つ彼女を、紗雪は抱きしめたくなった。勝手に、なんて思わない。動けない自分には、とてもありがたいことだ。

会社を辞めるのが怖くて、思考が停止し、動き出してもまた恐怖に駆られる。決意して数日なのに、恐怖に呑み込まれそうになっているのだ。

それを強制的にでも推し進めるハルは、紗雪の背中を押す大切な存在に他ならない。

もしもっと自立していて、きちんと思考が働いていたなら、自分のことは自分でできると怒ったかもしれないが、今の紗雪にそんな気持ちはまったく湧かなかった。

「私にはこれくらいの強引さが必要なんだと思うんです。よければ、会社を辞めるまで私の背中を押してください」

「任せて！　全力で頑張るわ！」

ハルが明るい笑みを浮かべる。

「あ、でもハルさんの仕事に支障が出ないようにしてくださいね。私のせいでなにかあったら嫌ですもん」

「大丈夫よー！　ちゃんと仕事してるもの」

そのあと紗雪はハルが作ってくれたガパオライスを食べた。

こういうものはお店で出るメニューというイメージだったので、ますますハルに憧れる。

余裕ができたらこういうご飯も自分で作るようになりたい。

ハルの食事を口にしていると、普段自分が口にしているものがいかに味気《あじけ》ないか気がつく。自分のために作ってくれた料理というのはやはり特別なのだ。

そして食事を済ませ、自分の部屋へ戻った。お風呂に入り紅茶を飲んでベッドに潜《もぐ》る。

ふいに紗雪はハルに抱きしめられた時のことを思いだした。

女性にしては筋肉質な彼女に抱きしめられた瞬間、思わず男性に抱きしめられていると錯覚してしまった。

失礼なことなのに、その記憶がよみがえるだけで胸の鼓動が速くなっていく。

紗雪は自分の頬を手で押さえながらバタバタとベッドの上で転がる。バカなことをしているという自覚はある。でも、どうにもおさまらない。

友人に言ったら、同性愛者なのか聞かれてしまいそうだ。

もっとも、基本始発終電コースで働いている紗雪は、久しく友人に連絡を取っていなかった。

それでも久しぶりに会って話がしたい。いろいろと聞いてほしい。

そんなことを考えつつ、紗雪は眠りについたのだった。


翌週の土曜日。

休みなど関係ない状態なので、紗雪は普通に会社に行き、業務の合間に残っている有休の日数を確認した。そして引き継ぎデータを作成する。

会社に置いてある私物は少しずつ自宅へ持って帰っていた。物がなくなりすぎると辞めようとしている日がバレて、邪魔されるかもしれないので、ある程度は残していくつもりだ。

そう、紗雪は会社を辞める日を決めた。

来週の水曜日だ。

ちょうど月の最終日で、辞めるには切りがいい日。

けれどそれ以上に、一昨日《おととい》自分の出した退職願が部長のゴミ箱の中に入っているのを見てしまい、耐えられなくなったのが大きい。

予想をしていたこととはいえ、心が疲弊《ひへい》する。

退職届はハルが郵便局から出してくれていた。

本来であれば先日紹介してもらった水谷がやるものらしいが、なぜかハルが自分がやると言い張ったのでお願いしたのだ。明日には会社に届くだろう。そして、木曜日から紗雪は出社しない。

ある程度片付けを済ませ、会社をあとにする。

そして、最終日。彼女はそこで、会社が入っているビルを見上げた。

三年以上ここに通い続けた。

苦しくて辛《つら》くて目の前が真っ暗になりかけたことが何度もある。それをいい思い出とすることはできないが、やはりある程度の愛着はあった。

勝手に辞めることで、他の社員に迷惑がかかることもわかっている。申し訳ない気持ちがないわけではない。

紗雪は走って電車に乗り込んだ。

振り返ってはいけない。振り返って、同僚たちのことを考えてはいけない。

自宅マンションまでの緩《ゆる》い坂道を上って彼女は部屋に戻った。なんだかとても疲れてしまったので、なにもせずに眠ることにする。

綺麗に塗られていた爪が少しはげてしまっているのが悲しい。一生残り続けるものではないとわかっているけれど、ハルとの最初の日のことが消えていってしまうようで寂しくなる。

この日久しぶりに、彼女は目覚ましをかけないで眠りについた。

第三章　ヘメロカリス　～苦しみからの解放～

翌朝。慣れてしまった身体は、いつもの時間に目を覚ました。

ぼんやりとした頭で今日は行かなくていいんだと思い、紗雪は毛布を被り直す。

気持ちよく二度寝して目を覚まし、カーテンを開けた。

久しぶりになんの憂《うれ》いもなくゆっくりと眠ったからか、陽《ひ》の光がキラキラして見える。そのまま窓を開けて部屋に風を通すと、時間が動き出した。

今さらになって、部屋の空気がこんなにも滞《とどこお》っていたことに気づく。

ここ数年、眠るためだけに帰っていた部屋。

ゴミを出すくらいはしていたが放置していたものも多く、正直綺麗とは言いがたい。

それに比べて、先日見たハルの部屋はとても片付いていた。

紗雪はポットでお湯を沸かす。

最近飲んでいなかった種類の紅茶を飲もうと、コレクションを取り出した。さまざまな缶に入っている葉の中でアッサムを選ぶ。

アッサムは有名な葉で、カフェに行けばだいたいある。けれど、ここ最近の紗雪はカフェに行く時間もなかったし、疲れていたのもあって比較的軽い味のものを好んでいた。

昔、親しんだ味を最初に楽しみたい。

何種類かあるアッサムの葉の中から特に好きなお店のものを手に取る。

一杯目はミルクティーを淹《い》れ、朝の時間を楽しむ。

しばらくぼんやりとして、ふとスマホを見た。

さっきまでひっきりなしに電話がかかってきていたが、無視をしているうちにおさまった。マナーモードで放置していたのだ。

確認すると、案の定会社からだった。

同僚など会社関係の人たちから電話やSNSでメッセージが届いている。

メッセージは安否を心配しているものから、辞めたお祝い、迷惑だという文句など多岐にわたった。

その中にハルからの連絡を見つける。

【起きたら連絡ちょーだい】

そう書かれているのを読んだ紗雪は、急いでSNSで返信をしようとして、指を止めた。もう時間や人の目を気にしなくてもいいのだ。

彼女はハルに電話をすることにした。

画面をタップして、スマホを耳にあてる。ワンコールが終わらないうちにハルが出た。

「おはようございます」

『おはよー。と言ってももうお昼よ。起きたなら一緒にカフェ行きましょ、カフェ！』

「わかりました」

『じゃあ、一時間後に迎えに行くわねー』

ハルはご機嫌な声で言って電話を切る。

紗雪は一瞬、支度に一時間もいらないのにと思った。けれどすぐに、ハルのほうに時間がかかるのだろうと納得する。

クローゼットを開けると、四年前に買った服と、会社に着ていっていたスーツしかなくてげんなりした。

仕方ないこととはいえ、着ていく服がない。

できるだけマシな服を選び、使い古したコートとマフラーを手に取った。

化粧も最近ほとんどしていなかったので、コスメ類は全て古びている。これらも一新したい。それでもしないよりマシかと軽く化粧をして、かかとがすり減ったスニーカーを履いた。

少し落ち着いたら、服や靴やスキンケア用品など、いろいろと買いそろえなければ。

玄関先に座りながら、そう考える。

そして、足をパタパタと動かしてハルが迎えに来るのを待った。

電話からちょうど一時間後に、玄関のチャイムが鳴る。

飛びつく勢いで迎えようとして、紗雪は身体を押しとどめた。

すぐに開けたら、扉の前で待っていましたと言っているみたいなものだ。それはなんだか恥ずかしい。

彼女は五秒かけて深呼吸をし、ゆっくりと扉を開けた。

「あら、前と雰囲気が違って可愛いわね」

扉を開けた先で、いつも通り美麗なハルが艶《あで》やかに笑っている。

昼の光のせいか、紗雪は目が痛くなった。

「さぁさぁ、カフェに行きましょ。アタシのおすすめなのっ！」

「はい」

ハルはマンション前の坂を下りて、路地裏へ入る。紗雪はこんなところにお店なんてあっただろうかと疑問に思った。

ここには社会人になる時に引っ越してきた。

最初の一年はともかく二年目からはほとんどお店が開いていない時間帯にしかいなかったし、休みがあれば休息にあてていたので、自分が知らないのも当然かもしれない。

案の定、感じのよいカフェが見えてくる。

カフェに入ると、弁護士の水谷が優雅にコーヒーを飲んでいた。

「来たか」

「あ、こんにちは」

「おっまたせー！」

ハルが紗雪を連れて、水谷の前に座る。

昼が近いこともあって、カフェにはランチメニューが置いてあった。

紗雪はそのランチメニューをハルと一緒に頼み、会社から電話やメールがひっきりなしに来ることを水谷に伝える。そのタイミングでまた電話が鳴った。

「課長だ……」

すると水谷が電話に出て、自分が弁護士であること、何かあるなら自分を通すことと話し出す。彼は紗雪の代わりに交渉を進めた。

それほど時間が経たないうちに、電話を切る。

「ま、これで大丈夫だろ。弁護士雇ってるなんて、あいつは本気だと思わせるには十分だ。残業代については後日、話をつけるから安心してくれ。それと、俺への支払いはこいつから受け取ってるから」

「え!? そんな！　駄目です！　これは私のことなんですから、私が支払います」

慌てる紗雪に、ハルが口を出す。

「えー、ただのアタシのお節介だしぃ」

「駄目です！」

紗雪はきっぱりと言った。

会社は辞めてしまったが一応自立した大人なのだ。こういった支払いは自分でしなければ。

もちろん、ハルの厚意はありがたいし、払ってくれるなら楽だという気持ちもある。けれど、そこまでしてもらうわけにはいかない。

どうにかハルが支払った料金を彼女に直接返すことを了解してもらった。

言われた金額は相場よりも低いが、お友達価格なのだそうだ。二人にそう言われると、その金額を支払うしかない。

紗雪は、せめてなにかしらのお菓子を一緒に渡すことを心のうちで決めた。

一段落すると、水谷が口を開く。

「――そうだ。普通なら離職届が十日前後で届くと思う。もし届かなかったら相談してくれ。それに、退職理由がなんて書いてあるかも確認な。一身上の都合や自己都合だったら、ハローワークになぜ辞めたのかをきちんと報告したほうがいい。とはいえ特別な事情で辞めた場合、制度から貰える金はありがたいが、手続きが面倒くさい。どこかしらに出向く必要もあるしな。それは少し時間が経ってもできるから、とりあえず君はしばらく休んだほうがいい」

「そうよそうよ。すぐに何かしようとしないで、休んだほうが絶対いいわ」

「はい、ありがとうございます。私もちょっとゆっくりして、次のことを考えたいと思います」

そんな話をしていると、ランチが運ばれてくる。紗雪は久しぶりにカフェでのランチを楽しんだ。

その後、水谷は仕事に戻ると先に出ていく。

ハルと二人きりになった紗雪は、なんだかドギマギしてきた。

自分でも不思議だ。なぜ、女性相手にこんなにも胸がときめいてしまうのか。

ハルを改めて見る。

綺麗に化粧をし、爪の先まで手入れしている彼女は身体つきだけが女性らしいといえず、身長が高いせいか筋肉質で大柄だ。

あまり気にしていなかったが、全体的に骨太な気もする。

ハルのことをじっくり観察していたからか、目が合ってしまう。紗雪は彼女ににっこりとほほ笑まれた。

「ねぇ、ユキちゃん。せっかくだから、このあとどこかで買い物でもしない？」

「え、いいんですか？　あの、お仕事とかは？」

「今日は夕方までなら平気なのよ。夕方から二件予約入ってるから、行かなくちゃいけないんだけどね」

普通であれば、ネイリストはずっとお店にいて、指名だけでなく飛び込みのお客にも対応するのではないだろうか。

紗雪は少し心配になったけれど、すぐにその考えを振り払った。

ハルが平気だと言うのなら、平気なのだ。

二人でお店を出て電車に乗り、洋服や雑貨などさまざまなものが売っている大型の複合ビルに行った。

ハルに連れ回されるまま、いろいろなお店に入って服や靴を見る。

彼女は紗雪に似合うものをどんどん買ってしまう。紗雪がお金を渡そうとしても、自分が好きでやっていることだからと受け取ってもらえない。

だから代わりに、ハルに似合う靴とピアスを買った。

結果、二人とも両手いっぱいに紙袋を持つことになる。

表通りを歩いていると、ガラスに自分たちの姿が映っているのに紗雪は気がついた。

綺麗な女性とみすぼらしい女が並んでいる。

紗雪は改めて自分の姿に愕然《がくぜん》とした。

ガラスに映る自分は自信がなさそうで、髪の毛もボサボサだし洋服も身体に合っていない。靴だって汚れている。

昨日まで自分の姿をまともに認識していなかったとはいえ、これはひどすぎる。

どうにかしなければ。ハルにどこの美容院に行っているか聞いてみようか？

そんなことを考えていると、一台の車が二人の目の前に停まった。

その車は真っ赤でとても目立っている。すぐに窓ガラスが下りてサングラスを外した男性がこちら――ハルを睨《にら》んだ。

「おい、陽《よう》！　なにこんなところで女と油売ってんだよ！　仕事はどうした仕事は」

途端にハルが怒鳴り返す。

「うっせえな！　お前、人のことを陽って呼ぶなっつってんだろ！　ハルって呼べ、ハルって！

あと、仕事は夕方からだ」

「なーにが、ハルだよ。気色《きしょく》悪い」

「いや、ほんっと失礼だわ。驚くほど失礼」

「オネエやってんのは勝手だが、それ使って女騙《だま》すようなことすんじゃねぇぞ」

「騙《だま》すかっ！」

紗雪は二人のやりとりを呆然と聞いていた。

頭にひっかかるのは、オネエという言葉。

オネエ――よくテレビに出ているタレントの姿が頭に浮かぶ。身体は男性だが心が女性だったり、単純に綺麗になるのが好きだったりする人たち。タイプはさまざまだが、オネエと称されている人たちがいることは、紗雪も知っている。

この時やっと紗雪は、彼女が彼であることに気づいた。

しばらくして男性が車を発車させ、ハルが傍《そば》に戻ってくる。

「ごめんねぇ。あいつといると口調が戻っちゃう時があるのよ。本当やんなっちゃう」

「あの、ハルさん」

「ん？　なぁに？」

「ハルさんは男性だったんですか？」

「――え、嘘!?　もしかしてユキちゃん気がついてなかったとか……そういう？」

「全然気がついていませんでした。綺麗な女性だとばかり思ってました」

「や、だ。アタシてっきりわかっているもんだと――ほら、アタシ、口調はこれで化粧もばっちりだけど、身体つきは完璧に男なのよね。まぁ、鍛えてるっていうのもあるし、手とかも男なんだけど……」

ほら、と見せられた両手。たしかに女性らしい柔らかさはなく、指の関節は太くごつごつとしている。手の大きさだって紗雪より一回り大きかった。

こんなに男性らしいのに、先入観でハルを女性だと信じ込んでいたのだ。女性同士だと思って行動したあれこれが、紗雪は恥ずかしくなる。けれど同時に腑《ふ》に落ちてもいた。

今まで感じていたハルに対する違和感の原因はこれだったのだ。

そして、ふと考えた。

今のご時世、男性が男性を好きになることも女性が女性を好きになることも珍しくない。紗雪が今まで好きになったのは、たまたま異性だったけれど、彼女——否、彼の恋愛対象はやはり男性なのだろうか。

それを言葉にして問うことはなぜかできず、ぼんやりしていると、ハルに声をかけられる。

「——ユキちゃん？」

「あ、ごめんなさい。少し驚いちゃっただけなんです！　私、すっかり女の人だと思ってましたよ。こんなにも綺麗な男性がいるなんて、神はずるい……」

「あらユキちゃんだって可愛いのに」

「こんな姿を可愛いって言えるハルさんの目は腐っている気がします」

「まぁ、言うわねー」

ハルはころころと笑う。

でも紗雪が言ったことは、本心だ。

隣に立つことに躊躇《ためら》いが生まれるくらい、ハルは美しい。

そんな紗雪の気持ちに気づくことなく、ハルが楽しそうに次のお店を指さす。

ハルが男性だということに衝撃を受けたものの、彼が女性であろうが男性であろうが紗雪にとって自分を救ってくれた唯一の人であることに変わりはない。

紗雪はハルの顔を改めて見つめたのだった。


散々買い物を楽しみ、二人は夕方前に一度マンションに戻った。

ハルは荷物を置いて、仕事に行くそうだ。

紗雪は彼を慌ただしくさせてしまったことに申し訳なさを感じつつも、久しぶりの楽しい時間に感謝した。自分の中に楽しいという感情が残っていたことが嬉しい。

部屋に入り、買ってきたばかりの服と靴を取り出して眺《なが》める。

こんなキラキラしたものが自分に似合うだろうかと一瞬不安になるが、モデルみたいに綺麗でファッションセンスの塊《かたまり》のようなハルが選んでくれたのだ。似合わないことはないはずだと自分を奮起させる。

そして、今日教えてもらったばかりの、彼の行きつけの美容院の予約を取った。

このボサボサでキューティクルなんて存在しない髪の毛をどうにかしたい。そうでなければこの洋服と靴にあまりにも不釣り合いだ。

今まで洋服も髪の毛も靴も、全て地味で目立たないものを選んでいた。規則があったわけではないが、少しでもなにかを変えると上司に文句を言われたのだ。

爪先にマニキュアを塗っただけでもあの騒ぎ。入社当初はきちんとしていた身なりは、どんどんおろそかになっていった。

それに、美容院に行ったり洋服を買いに行ったりする暇や時間があるのなら、とにかく眠りたかった。眠らなければ、体力が回復せず苦しくなるだけだったから。

あの生活と縁が切れたんだと実感すると、いろいろなことがやりたくなる。

どこかに遊びに行きたいし、おしゃれをしてカフェにだって行きたい。他にも有名な洋菓子店や話題のパンケーキ屋にも行ってみたい。久しく会っていない、まだかすかに繋がっている友人たちにも会いに行きたい。会って、これまでの経緯を報告したい。

自分は好きなことをする時間を手に入れたのだ。

しばらくは好きなことを好きなようにやりつつ、ゆっくりと過ごしたかった。

まずは、目の前にある古びた洋服と靴の整理から始める。断捨離《だんしゃり》は今までの自分を一掃するいい機会だ。

着すぎて生地が薄くなったものや数年前に買ったものなど、紗雪は全てゴミ袋に入れていった。

大学生の頃に買った花柄のワンピースは、デザインが若すぎて今の紗雪には着られない。数年間寒さをしのいでくれたマフラーともお別れをすることにする。

頭に浮かぶのは、優しくほほ笑むキラキラしたハルのこと。彼の隣に並んで不釣り合いな自分でいたくない。

さすがに全てを捨ててしまうと不便なので、最低限のものだけを残して、それ以外の服は処分した。クローゼットの中が三分の一になる。

靴も同様だ。昔履いていた若い人向けの甘めのデザインのものは捨てることにした。

この数年で趣味が変わったわけではないが、こういう靴を履くには若さが足りないという気持ちが出てきてしまっている。年齢で分けているわけではなく、単純に今の自分には似合わないと感じるのだ。

それに、ハルが買ってくれた洋服や靴は、どちらかというと大人っぽいものだった。シックなデザインで、差し色をうまく使った上品なものが多い。

これからはそのテイストのものを集めてみたいと感じている。新しい自分に出会える気がするから。

明日は一日ゆっくりと部屋の片付けをして、洋服は明後日《あさって》買いに行こう。午前中に美容院に行くので、ちょうどいい。

ハルにも一緒に来てもらいたいけれど、彼には仕事がある。彼の仕事はどうやら不規則で、確実にいつが休みというのがないらしい。

勤めているネイルサロンは土日祝日が休みなわけではなくシフト制だという。ある程度自由がきくのか、予約の時間までは自由にできるし、予約が入らなければ休みにすることもあるらしい。

なんだかイメージしていたネイリストの働き方とは違うが、彼が嘘をついているようには見えなかった。

彼の部屋にはネイルやファッションの雑誌がところ狭しと置いてあり、専用の器具なども持っている。あれを個人の趣味で揃えているとは思えない。今日車で怒鳴っていた男性の言葉もあるので、紗雪はハルの言葉を疑っていない。

だが、ハルについて、自分があまり知らないことに紗雪は気がついた。そもそもオネエだということも今日知ったばかりだ。どうやら彼は紗雪が気づいているのだと思い込んでいたようだが。

ハルについて考え始めると、眠れそうにない。

聞けば教えてくれるだろうか。

紗雪はハルのことを知りたいと思っていた。

とにかく、次はいつ会えるか聞いてみよう。

善は急げと、紗雪は早速、余裕がある日に一緒に買い物に行ってほしい旨《むね》をＳＮＳで伝える。するとちょうどスマホを見ていたのか、ほとんど待たずに彼から返信があった。

「――明後日《あさって》の午後三時からかぁ」

紗雪はすぐに了承の連絡をする。

その日は午前中に美容院に行く。雰囲気が変わった姿を見せられたらいい。

彼女が鼻歌を歌いながら片付けを始めた直後、スマホが震える。どうやら元同僚からのようだ。

メッセージには、辞めたお祝いと今の会社の状況、課長が暴れているらしいが、どうにでもなることなどが書いてある。そして最後に紗雪に続いて辞めてみせるとあった。どうやって辞めたのかを教えてほしいとも添えられていたので、辞めた経緯を簡潔に返信する。

そこでスマホをベッドの上に放り投げ、シャワーを浴びて寝る支度をした。

妙に目が冴えてしまったので眠れないかもしれないと思ったが、ベッドに潜《もぐ》ると自然と眠気がやってきた。気がつけばスマホの目覚ましが鳴っていた。

もう朝の九時近くだ。

紗雪は部屋の片付けの続きをしながら、穏やかに過ごす。

そして翌日、美容院に行く日になる。

紗雪はクローゼットの前で仁王立ちになっていた。

髪の毛を切ってからハルと一緒に買い物に行く予定なので、なにを着るか悩む。

一昨日《おととい》服をほとんど捨ててしまい、クローゼットには最低限のものしか入っていない。

悩みに悩んだ挙句、結局シンプルなシャツワンピースに厚手のカーディガンとコートを着る。足元も久しぶりにパンプスを履いた。ハルが買ってくれた美しい靴だ。

綺麗なものを身に着けると、やはり気分が高揚する。楽しい、嬉しいという気持ちが湧き上がってくるのだ。

麻痺していた感情が戻ってきているのがわかった。

思えばこの数年、楽しいや嬉しい、幸せなどといった感情を持ったことがなかった。嫌いなものと嫌なものばかりが増えていっていた。

自分の中にある感情が極端になっていって、嫌いかそれ以外しか残っていなかったのだ。

世の中には嫌いの他にも複数の気持ちが存在しているはずなのに。

それをゆっくり思い出しながら、もっと前向きになれる感情を増やしていけたらいい。

紗雪は足取り軽く美容院に向かった。

さすがハルが通っている美容院。そこは随分おしゃれなお店だった。

窓が大きく外から丸見えなのが気になるものの、明るく清潔感がある。

特に指名をせずに予約したのだが、担当してくれたのはハルがいつも指名している人だった。なんでも、ハルが、紗雪が予約したらよろしくと伝えていてくれたらしい。

「――にしても、髪の毛ブスだね」

「……あの、すみません」

「やりがいあるからいいけど！　どうする？　一応カットの要望だよね」

「お任せします」

「染めてもいいの？」

「お……、お好きにどうぞ」

「自分がないというか、なんというか。最低限こうしてくれっていうのはないの？　髪の長さは長いほうがいいとか、お手入れの悩みとか」

「この数年髪の毛に時間を割《さ》く余裕がまったくなくて、やっと美容院に来られたんです。なので、今までの自分を一掃する感じがいいです」

「わかった。君の新しい門出を僕が手伝ってあげるよ」

鏡越しににっこりと笑った美容師が心強く感じる。

少し言葉がキツイが、優柔不断な紗雪にはちょうどいい。

けれど昔の自分には、もっとこうしたい、こうなりたい、という確固たるイメージがあったような気もした。それが今は、清潔感があればいいとしか思えない。

ただ、いきなりこういうふうになりたいというのはないが、ハルが選んでくれた洋服に似合う自分になりたいとは思う。彼の隣に立ってもおかしくないようでいたい。

美容院は長時間コースになった。

ばっさりとショート丈にカットして髪の色も染める。外国人風のツヤと柔らかさが出るカラーリングにしてもらった。

染めるのは大学生以来だ。少しわくわくする。

担当の人と相談して、日本人特有の赤みを飛ばしてくれるオーキッドという色にした。

全てが終わったのは三時間ほど経った頃だ。伸ばしっぱなしだった髪は軽くなって、色味も明るく変わっている。

こういう自分もいるのだと再発見した瞬間だった。

「はい、これはおまけね。うちで使ってるシャンプーとトリートメントのセット。もしこれからも使いたかったら、うちで買えるから」

「おいくらぐらいなんですか？」

「普通のシャンプーとかに比べたら割高の五千円。大きい容量を買えば、少しは安いよ」

「そうなんですね」

「ま、とりあえず使ってみてよ。ショートだと髪の毛、はねやすいし、ちゃんとブローしてね」

「頑張ります」

「ん、僕が可愛くしたんだから自信持って！」

「ありがとうございます」

美容院を出た紗雪は、髪の毛を掻き上げてみた。ショートになった髪はすかっと指が抜ける。

ハルに会ったらどういう反応を示してくれるだろうか。

紗雪は自分がやたらとハルについて考えていることを自覚した。

自分を助けてくれた人だからか、一緒にいると楽しいからか。

まだ出会って数日しか経っていない、お互い詳しいことを知らない間柄なのに、いつの間にか、心を開いてしまっている。

待ち合わせ場所に着いた紗雪は、楽しい気分でスマホを開く。それを弄《いじ》りながら待っていると、ハルの大きな声が耳に入ってきた。

「やだぁ！　ユキちゃんすっごいかっわいいっ！　天使なの？　ショートが似合うとか、可愛いの極みじゃゃない！」

「ハルさん！　声が大きい！　それに私が天使ならハルさんは女神――もはや神なのでは？　ってなりますすよ」

「いやよ。こんなおっきくてごつい女神なんて、ありがたみがない」

「綺麗なのに」

「そういうこと言ってくれるユキちゃんには、ちゅーしちゃおうかしら」

ハルはにこにことしながら、本当に紗雪の頬にキスをしてきた。

紗雪はキスされた頬を手で覆《おお》い、驚きで目を見開く。彼はいたずらが成功した子どもみたいに無邪気に笑っている。紗雪は毒気を抜かれて、怒る気にもならない。そもそも嫌だと感じなかった。

「さて、ユキちゃんの洋服探しね！　安心してお財布の紐《ひも》は緩《ゆる》いから！」

「えっ？　ハルさんが買ってどうするんですか。支払うのは私です！　今日ハルさんは、お財布出しちゃ駄目ですからね！」

「えー、可愛い子に可愛いお洋服買ってあげたいぃ」

ハルが唇を尖らせる。そんな表情をしていても、彼は綺麗だ。

「私は姪《めい》っ子ですか！」

紗雪は思わず叫んでいた。

「あら、ユキちゃんが姪《めい》っ子だったら、もうすでに隅々までアタシ好みにしちゃってるわよ」

真面目な顔で言われ、言葉が出なくなってしまう。

どうもハルは、自分の身内にとても弱く、甘やかすタイプのようだ。

紗雪が身内に入るのかどうかはわからないが、気に入ってもらえているのは嬉しい。姪《めい》っ子というよりは妹的なものに見えてるのかもしれない。

紗雪は長女で、ずっとしっかりするように言われて育った。そのせいか、誰かに甘えるという行為が苦手だ。こうしてハルに甘やかされると、どうもむず痒《がゆ》い気持ちになる。

だってこのままでは、ハルに依存してしまいそうだ。

恋人でも家族でもないのだから、彼に依存するのはよくない。疲れていても、自分で立つことを忘れないようにしなければ。

紗雪はきゅっと下唇を噛む。

ハルに迷惑はかけたくない。

そんな彼女の様子に気がついているのかどうかわからないが、ハルが手を握ってきた。その手は相変わらず大きくて温かい。

安心すると同時に胸がドキドキする。

「さ、行きましょ。ユキちゃんに似合う服のある、おすすめのお店があるのよ」

「はーい」

ハルに連れられるまま、洋服や小物を買った。散財している自覚はあるが、楽しくて経済観念がつい緩《ゆる》くなる。

その後、二人はカフェに入って話をした。思えばこうやって落ち着いて話をするのは初めてかもしれない。

最初は紗雪が一方的に愚痴っていただけだし、それ以降は会社を辞めるためにどうするかという相談ばかりだった。

紗雪は、この機会に今まで聞けなかったことを聞いてみることにした。

「ハルさんってどこで働いてるんですか？」

「ん？　ここから二駅ぐらい離れたネイルサロンよ。ネイルサロンとしては有名っていえば有名なほうねぇ」

「凄《すご》いですね。そんな有名はお店で働いてるなんて」

「そんなことないわよぉ。オーナーに死ぬほどこきつかわれてるしね！　あ、この間、車からわめいてたあの男がオーナーなのよ」

「あ、あの人が」

「あいつもアタシの高校時代からの付き合いなのよ」

「なら水谷さん含めて三人とも友達なんですね」

「やだ。友達なんて柄《がら》じゃないわよ。ただの腐れ縁よ、腐れ縁。まぁでも、アタシがこうなっても変わらず付き合いがあるんだから、感謝しなきゃいけないわよねぇ」

どうやらハルは元からオネエだったわけではないようだ。

たしかに、幼い頃から、女性的な振る舞いをする男性は多くない。なにかをきっかけにして、振り切ったのかもしれなかった。

どうして今のようになったのか知りたいが、踏み込んでいいものやらと悩む。結局紗雪は、聞くことができなかった。

そうこうしているうちにハルが紗雪の爪の先に目をやった。

「――あら、爪の先が剥《は》げちゃってるわね」

そう言われ、自分の爪を見る。

たしかにあの日塗ってもらったネイルは、爪の先が剥《は》げてきていた。取らなければと思いながらも、もったいなくてそのままにしていたのだ。

「今日は、アタシがそろそろ仕事戻らなきゃだし。明日と明後日《あさって》は予約がいっぱいだから……。ユキちゃん、火曜日は予定ある？」

「夜に人と会う約束がありますけど、それまでだったら」

「……夜に？」

なぜかハルの目が少しだけ細められた。彼の雰囲気が変わる。紗雪は小さく首を傾《かし》げながら、火曜日の話をした。

「学生時代の友達に会うんです。その子は働いているので、会社が終わってから夜にご飯でもって話になったんですけど……。なにかありました？」

「あらやだ、なんでもないのよ！　ただちょっと夜に出かけるって思うと心配になっちゃうだけよぉ」

「ハルさん、私が夜遅くても平気なの知ってますよね。あれだけ終電コースしてたんですよ」

「駄目よ！　絶対早めに帰ってこないと！　今まで無事だったとしても、明日も無事とは限らないでしょ。なんならアタシ駅まで迎えに行くし」

「そこまでしてもらうわけにはいかないですよ。それに、友達は翌日も仕事なので、そんなに遅くまでってことにはならないと思います」

「むぅ、そう？　なら妥協点よ！　ここが妥協点！　帰る時に連絡入れてちょうだい。そして部屋に入ったらもう一回連絡よ！」

「心配性ですね」

「当たり前じゃない。元から可愛いのに、こんなに可愛くなっちゃって……！」

ハルは拳《こぶし》をテーブルに置いてふるふると震えている。知り合って間もない隣人をこんなに心配していたら、もっと仲がいい人にはどれだけ過保護なのだろうか。

正直見た目が多少変わったとはいえ、それだけで帰り道が危なくなる気はあまりしない。それに、あのマンションに住んでから数年経っているが、なにかが起こったことはなかった。人通りが多いこともあって、治安がいい場所だ。

「とにかく、火曜日は昼過ぎに家に来てちょうだい。今度はジェルにしましょ。家の機材を新しくしたし。今冬だからあまり見えないけど、フットもやりましょうね」

「足ですか？　足の爪が短くても大丈夫ですか……」

「いいのよ。それにフットって夏場は増えるけどこの時期は減っちゃって、練習がなかなかできないのよねぇ」

「そういうことなら、練習台になります」

「ありがと。っと、それじゃあそろそろ行きましょうか。アタシは仕事戻らないと、拓《たく》がうっさいから」

「拓……さん？」

「あのうるっさいオーナーよ。すぐ怒鳴るんだからやんなっちゃう」

ハルと駅前で別れて、紗雪はマンションへ帰った。

買った洋服や靴を片付けてから、スマホで自分の貯金額を確認する。この数日結構な散財をしたが、それでもまだ数ヶ月は暮らせるくらい残っていた。

ここ三年以上は遊ぶことも、新しい洋服や靴を買うことも、美味《おい》しいものを食べることもなく過ごしていた。使ったのは家賃や光熱費と最低限の食事代だけだ。それも朝は栄養ドリンク、昼はサンドイッチかおにぎりを一つ、夜はコンビニのお弁当という食生活だった。

そのせいか、肌荒れもひどく、鏡に映る自分は健康的には見えない。慢性的な睡眠不足だったので、目の下のクマもなかなか消えなかった。

「凄《すご》い不健康さが出てる……」

紗雪は自分にため息をつく。これから健康的な生活をして、もう少しマシにならなければ。

それから火曜に会う友人と待ち合わせ場所を決めて、ゆっくりと紅茶を飲んで過ごしてから眠りについた。

そして、火曜日の昼間。

紗雪は化粧をして、買ったばかりの洋服に袖を通した。それだけで、数日前の自分とはまったく違う気がする。

これだけ見た目が変わったのだから、中身も少しずつ変わっているだろうか。

勢いをつけてハルの部屋のチャイムを鳴らす。すると、ラフな格好ですっぴんのハルが出てきた。その見た目はどこからどう見ても男性だ。

男性らしいハルは爽《さわ》やかな美しさがあり、普段とは異なるその出で立ちは、紗雪の胸をわしづかみにするほどかっこいい。

「ごめんねぇ。昨日の夜、拓に連れられて飲みに行っちゃって。さっき起きたばっかりなのよぉ」

「い、いえ、大丈夫……です。押しかけちゃってすいません」

「えっ……？　急にどうしたの？　アタシが来てって言ったのよ。もしかして化粧してないと思ってたよりブスだなとか感じちゃった？」

「いいえ、そんなわけないですよ！　むしろすっぴんでも綺麗というのか、かっこいいというか、いやかっこいいは駄目か……」

「ふふ、かっこいいでも別にいいわよぉ」

ハルは朗《ほが》らかに笑った。

化粧をしている時としていない時では、笑った顔の印象も変わる。けれど、どちらの彼でも紗雪の鼓動は速くなってしまう。

特に今は、彼が男性なのだと改めて認識し、戸惑っていた。

それはもちろん前からわかっていたが、こうした雰囲気の彼と会うのは初めてである。頭の中でぼんやりと認識していたことを明確に理解した感じだ。

「入って入って。荷物は適当なところに置いてちょうだい。席はこの間と一緒よ」

「は、い」

先日にはなかった緊張感を持ちながら、紗雪は彼の部屋に入り、荷物を置いて言われた通りの席に着いた。

この部屋に来たのはこれで三回目だ。つい周りのものをチラチラと見てしまう。

「なぁに？　なんか気になるものでもあった？」

「あ、いえ。私の部屋とは全然違うので」

「ユキちゃんのところとは部屋数とか違うんだっけ？」

「はい。私のほうは本当に一人で住むための部屋って感じです。ここは広いなぁと思って……」

綺麗に整頓されたキッチンに、雑貨が置いてある棚。可愛いものが溢《あふ》れているが、どれも色味は落ち着いていて男性の持ちものだとも感じる。

色に女性的男性的があるわけではないが、小さい頃から作り上げたイメージで、紗雪はそう感じてしまうのだ。

「――まず、前のネイルをオフしましょうか」

ハルは瓶《びん》を取り出した。ピンセットで綿を一つずつ摘《つ》まみ、紗雪の爪に置いてはアルミホイルで包んでいく。十本全てを包み込んでからアルミホイルを取り紗雪の爪一本一本を綺麗にしていった。

甘皮のケアをして、伸びた分をカットし、やすりで形を整える。

その仕草は丁寧で、とても綺麗だ。

自分よりも太くごつごつした指に触れられて、なぜか紗雪は胸の奥が苦しくなった。

「この間は普通のマニキュアだったけど、今日は削らないジェルにしましょう」

ハルは前に使っていた言葉を繰り返す。

「けずらないじぇる……」

「ええ、削らないジェル。前回の反省を生かして色味を増やしてみたのよ」

紗雪は首を傾《かし》げて、削らないジェルが一体なんなのかを尋ねた。

「あー、そうよね。わからないわよね。ごめんなさいね。まずジェルネイルってわかる？」

「ライトを当てて硬化させるやつですよね？　それはなんとなく」

「ジェルネイルってたくさんの種類があるのよ」

「はー、そうなんですね」

「んで、普通、自爪を削るのね」

「削るんですか……」

「そ、削るの。削って表面に傷をつけてジェルネイルを密着させるの。だから、何回も続けてると爪が薄くなって弱くなっちゃうのよ。その点、このジェルなら、削らずに密着させることができるの。ジェルに入っている薬液の成分の違いかしらね」

「へぇー。削らないジェルだと自爪を傷つけることがないんですか？　それって大きなメリットですね」

「そうよ、だけど、削らないジェルのほうが扱いに技術が必要になるのよね。それに単価がちょっと高いの。まぁ、だからお店の方針によって取り扱いが変わるわね。うちは、削らないジェルを扱えることがネイリストの採用必須条件なのよ。単価が高くても、自爪のことを考えて削らないジェルを選ぶお客さんって結構いるし」

「そうなんですね。……ちなみにいくらくらいなんですか？」

「お店によって違うけど、だいたいどこも十本、八千円から一万円ってとこかしら。ワンカラーなのかグラデーションなのか、ストーン着け放題なのかアートにするのかで変わってくるから、なんとも言えないわねぇ」

「奥の深い世界だなぁ」

「ふふ、そうね。でも、どんな業界もそうじゃないかしら？　自分が知らないだけで、どの世界も一筋縄じゃいかないわ」

「たしかに、そうですね」

紗雪の好きな紅茶もいろいろな茶葉がある。どんなに調べても興味はつきない。奥の深い世界だ。

「――ところでユキちゃん」

ふいにハルが真剣な口調になる。

「はい」

「そろそろ、その敬語交じりやめない？」

「うぅっ、交じってたのバレてました？」

紗雪は恥ずかしくて、頬をぽりぽり掻いた。

「バレバレよ。敬語のほうが楽だったり、気安すぎるのが苦手だったりするなら、そのままでいいんだけど。交じってるのは、話しにくいからよね」

「ハルさんって話しやすいんだもん」

紗雪が素直に答えると、ハルは温かく笑った。

「あら、嬉しい。こういう仕事してると、おしゃべりも得意じゃないとねぇ！」

「無言で施術しないんです……の？」

「ですのって変な日本語になってるわよ。ま、言われたからってすぐに敬語は抜けないわね。徐々に慣らしていきましょ」

「はーい」

「施術中、無言でも別にいいんだけど。話すのが好きって人もいるからねぇ。そういうお客さんを相手にするのに、無難な返答なんてつまらないじゃない。……はい、ユキちゃんそこに手入れて」

いつの間にか、ハルは紗雪の片手にベースのネイルを塗り終わっていた。小さなドーム型のものに手を入れるよう促《うなが》す。

「LEDライト……だっけ？」

「そ。それで硬化するのよ。今だと安いやつもあるから結構セルフでやる人も増えてるのよねぇ。ジェルネイルだけじゃなくて、レジンだったかしら？　そういうのでピアスとかネックレスとか作ってる人もいるって聞くわ」

「あぁ、友達が一時期ハマってたなぁ」

ハルはジェルを出してきて、どの色味がいいのか、どんなふうにしたいのか聞いてくる。

「んんっ、悩ましい……」

「会社のことも考えなくていいし、派手なものでも問題はないと思うのよねぇ。お任せでいいならアタシの好きにしちゃうけど？　冬ネイルって感じで」

「じゃあ、それで」

「はいはい、了解したわよー。次のイベントってバレンタインだけど、それが終わると春って感じになっちゃうのよねぇ。デザインが悩ましい時季だわ」

ハルと話をしながら、言われた通りにＬＥＤライトで爪を硬化する。出来上がったのは、薄紫のラメでキラキラとしているが、派手すぎない大人っぽいネイルだ。

紗雪は両手を広げて感嘆の声を上げる。

「凄《すご》い、綺麗っ！」

「気に入ってもらえてよかったわ」

「ふふふ、ハルさんありがとう！」

「どういたしまして。まだ時間もあるしフットもやりましょうね」

「フット。そういえばこの間言ってたね」

紗雪はストッキングを脱ごうとスカートに手を入れてから、唐突に恥ずかしくなった。

ここに来る前にお風呂に入り足も洗っているとはいえ、やはり素足を見せるというのは恥ずかしい。

「あ、一応後ろ向いてるから安心してね」

「ふぁっ、……ふぁい」

「日本語がどっかいってるわね」

ハルは笑いながら後ろを向いて、片付け作業をする。紗雪は恥ずかしさを押し殺して一気にストッキングを脱ぎ、鞄の中へ入れた。

どうせまた穿《は》くのだから近くに置いておけばいいのだが、その辺に放置しておくのはいたたまれない。

準備を終えて先ほどと同じイスに座っても、足の指を忙《せわ》しなく動かした。緊張してつい動かしてしまうのだ。

匂いませんようにと願うばかり。

「準備できたみたいね。はい、ここに足を載せて」

「こんなのあるんだね」

「自分の足やる時に使うやつだけどね」

紗雪は布が巻かれた小さな台に片足を載せた。大きな手に足が包まれる。足の裏をすっと撫《な》でられると、背中がぞくりとした。

ハルの指がかかとに触れようとして止まる。

「あら？　かかとに絆創膏《ばんそうこう》して、どうしたの？」

「久しぶりに高めのヒールを履いたら靴擦《くつず》れしちゃって。ここ数年、楽な靴ばかり履いてたし」

「なるほどねぇ。慣れるために、ヒールは履き続けておかないと駄目だったりするものね。少しずつ慣らしていきましょうね」

「うん」

「それにしても、綺麗な足してるわ。でもちょっと冷えてる。ネイルやる前に少しだけ血行をよくしましょうか」

「そ、れは必要なことでしょうか？」

紗雪の足は緊張で冷えているだけだ。ネイルという目的以外でハルに触れられると、なんだか変な気分になりそうなので、遠慮したい。

けれどハルは、満面の笑みを浮かべた。

「必要なことよ。いいから、アタシに任せておきなさい」

嫌ならば嫌だとはっきり言って逃げなければ、と思う。けれど、このまま触られていたいという気持ちもどこかにあった。

紗雪はそっと足の力を抜いて、されるがままになる。

ハルの両手が紗雪の足を包み込み、土踏まずを親指でぐっと押す。多少の痛みがあるものの、痛すぎることはない。

ゆっくりと優しく揉《も》まれ、指と指の間も彼によって広げられる。

くすぐったさの中に官能めいたものを感じて、紗雪は甘い息を短く吐き出した。

「気持ちいい？」

「んっ、きもち……いいです」

「そう。もっと気持ちよくなりましょうね」

なんだか妖《あや》しい会話のような気がする。ただ足を揉《も》んでもらっているだけだというのに……

やがて頭がぼんやりとして何も考えられなくなった。

先ほどまで冷たかったつま先がだんだんと熱を持ち始め、その熱が足先から身体全体へ伝播《でんぱ》していく。

念入りに片足を揉《も》まれたあと、もう片方の足も柔らかく揉《も》み込まれた。

「――っ、はぁ」

「全身あったかくなったかしら？　さ、ネイルするわよー」

紗雪は意外な快感に翻弄《ほんろう》されているというのに、ハルはいたっていつも通り。一人こんな状況にされた紗雪は、少しだけ悔しさを感じた。

だが彼は、鼻歌を口ずさみながら足のケアに入ってしまったので、文句も言えない。

全身熱くて仕方がない。汗もかいていて、シャワーを浴び直したい気分だ。

「足は色味だけで遊びましょうね。ストーンとかつけるとストッキングにひっかけて伝線しちゃうし」

「それは困るなぁ。タイツだけじゃなくてストッキングも穿《は》くし」

「見えないところまで綺麗にね」

「耳が痛い」

「ユキちゃんは綺麗よ。ちょーっと疲れてただけなんだから。あなたの美しさは、外見だけではないの」

「いつもだけど、ハルさんは私のこと過大評価しすぎだと思う」

「あら、アタシの目にくるいはないのよ。こんな綺麗で可愛い子見たことないもの」

ハルが立ち上がり、紗雪の両頬を包み込んだ。口調はいつも通り女性的なのに、男性の雰囲気が強い格好をしている今の状況だと、目をぎゅっと瞑《つむ》りたくなる。実際、紗雪は自分の気持ちの高鳴りに逆らえず、目を瞑《つむ》ってしまった。

途端にハルがつっこむ。

「ちょっと、ユキちゃん。目瞑《つむ》るなら、ちゅーするわよ」

「ひぇっ!?」

「次アタシの目の前で目を瞑《つむ》ったら、ちゅーの合図だと判断するからね」

「なんて理不尽……っ！」

ただ瞼《まぶた》を閉じただけでキスの合図なんて、恋人同士でだってそうそうない。

「続きやるわよー」

「はーい」

緊張しながらも最後までネイルをしてもらい、紗雪は嬉しくて足の指をわきわきと動かした。

「器用に動かすのねぇ」

「この数年無精《ぶしょう》すぎで、足でなにかを掴むようになったんです。だから、足指の器用さはなかなかだと自負してます」

「喜ばしいことなのか、ちょっと悩ましいわね」

ハルが呆れながら、ため息をつく。

フットネイルが終わると、夕方過ぎになっていた。

友達との待ち合わせは夜の七時のため、まだ時間がある。一度シャワーを浴び直して化粧直しをしてもいいかもしれない。

どうしようかと考えていると、ハルがコーヒーを淹《い》れてマグカップを渡してくれた。

「――ところでユキちゃん」

「ん?」

「今日一緒にご飯食べに行く子って、どんな子なの?」

紗雪はコーヒーを一口飲み、マグカップをテーブルの上に置く。

「どんな? んー、高校時代からの友達。知っての通り、私社畜だったでしょ?」

「そうね。まごうことなき社畜だったわね」

「だから、大学時代から付き合っていた彼氏には知らない間に振られてたし、友達も減ったの」

「あら、どうして?」

「約束を守れないから。最初の頃は大丈夫だったんだけど、どんどん土日に仕事が侵食していって、会う約束をしていても待ち合わせに間に合わなかったり断ったりが続いて。しばらくしたら、連絡が来なくなった。友達が楽しそうにバーベキューをしたり旅行したりしたってSNSに書いてあるのを黙って見てた」

居場所がなくなったようなあの虚《むな》しさは、一生忘れないだろう。

無理だとわかっていても一声かけてもらいたいというのは、紗雪の我《わ》が儘《まま》だ。あちらからすれば、断られると予想できる人を誘う義理などない。

仲よしグループの中にはたしかに紗雪という人間もいて、遊んで笑って多くのことを共有してきた。けれど、時間を共有できなくなると、周囲から人が離れるのは早かった気がする。

「私から声をかければ何か変わったかもしれないと今なら思う。けどあの頃は、ただふて腐れるだけで、どうしてっていう気持ちが先立ってた。私だって一緒に遊びたかったし、一緒に笑いたかった。会社が理由なのに、なんでわかってくれないのって……。本当、我《わ》が儘《まま》」

「そんなことないわよ。なにも言わないで受け入れるのが大人なのかもしれないけど、胸に湧き上がる雲のようなもやもやした感情は消えないもの。ユキちゃんの気持ちは普通よ。それにこういう時にこそ、選別ができるの」

「選別？」

「あなたが忙しくて大変な時を理解して、それでも友達でいてくれた人を大切にしなさい。その人は一生の友達なんだから。ちなみに元カレは、クズだから、こっちから捨てたくらいの気持ちでいなさい！　彼女を支えないなんて言語道断《ごんごどうだん》よ」

「……ハルさんが彼氏だったら幸せになれそう」

「あら、ありがと。アタシはお買い得よ！　いつでもお買い上げ可能なんだから」

ハルは紗雪の両手を取りそっと自分のほうへ引き寄せると、その手の甲に口付けを落とした。紗雪は、驚きと恥ずかしさで思わず彼の手を振り払う。

顔が熱くなっているのがわかった。

「も、もぉっ！　ハルさんってば、すぐそういうこと言うんだから」

「本音なのに」

「いいの、いいのっ！」

逃げるように彼女は両手を前へ押し出し、急いで話題を変える。

「えーっと、話を戻すんだけど……。今日会う友達は、私が何度断っても定期的にご飯に誘ってくれたり、ちょっとしたことの連絡をしてくれたの。帰りは夜中になっちゃうから、朝の電車に揺られながら返事してたら、夜中でもいいよって言ってくれて。ちょっとしたことなんだけど、救われたの」

「いい子なのね」

「うん。その子に会社を辞めたこと伝えたら、電話してきて泣きながら心配してたって言ってくれて」

彼女からの電話が紗雪は本当に嬉しかった。そのことを思いだして涙目になっていると、ハルが優しく頭を撫《な》でてくれる。

「今日は楽しんでおいで。でも、帰る時はちゃーんと連絡してね」

「心配性」

「そうよ。アタシは心配性の過保護なの。ユキちゃんにすっごい干渉しちゃうんだから」

真面目な顔をしながら言う彼を見て、紗雪は思わず笑った。

そしてハルの部屋を出て自宅に戻る。化粧を直して出かける準備を完璧にした。

久しぶりの友人とのご飯は楽しみだ。

新しく買ったマフラーに顔を埋《うず》めながら、パンプスを鳴らす。まだ多少余裕がある時間に、待ち合わせの場所で友人である風間美咲《かざまみさき》と落ち合った。

「紗雪ぃーー！」

「美咲！」

久しぶりの再会に、高校生のようにきゃーきゃーと抱き合う。

美咲は心の底から嬉しそうな顔をした。

「やっと社畜からの解放だね！　今日は奢《おご》るわ。美味《おい》しいとこ連れてくから！」

「いやいや、私に奢《おご》らせてよ。美咲には救われたんだしさ」

「なに言ってんの。今日はお祝いなんだから」

そんなことを話しつつ、美咲に連れられてイタリアンレストランへ入る。

そこはこぢんまりとしたお店で、内装もアットホームなところだった。店内は賑《にぎ》わっており、美味《おい》しそうな匂いが二人の鼻腔《びこう》をくすぐる。

「ここのお店のおすすめはラムかな。あと羊のチーズとルッコラのサラダ」

「どっちも食べよう。私、生ハムとサラミの盛り合わせ食べたい」

「よし、ワインも一本開けちゃおう！」

「豪勢っ！」

二人で笑い合いながら乾杯をして、近況を報告しあうことになった。

まず紗雪がハルの話をする。

「――へぇ、そのオネエさんのおかげで会社辞めて今があるって感じなんだ。にしても、凄《すご》い変わりようって感じだよ。最後に駅でばったり会った時は、相当やばそうだったもん」

「あー、一年ぐらい前だったっけ？」

「そうそう。私が声をかけたら逃げるみたいに電車乗っちゃってさ」

「だって恥ずかしかったんだもん。服も髪も靴も全部ボロボロで、化粧だってほとんどしてなかったんだよ。そんな姿、友達に見せたいと思わないじゃない」

「まーね。それはわかるけどさ。だから、あのあとしばらく連絡しても返信来なくて、本当に心配したんだからね！」

「ごめん。それは本当にごめんね」

「いいわよ。今の紗雪はとっても綺麗に輝いて見えるから」

「そう？　やっとゆっくりでき始めたってだけだよ。少しの間はぼんやりと過ごすつもりだけど、転職先探さないといけないし」

「うちの会社はどうって言いたいけど、今、募集してないんだよねぇ」

「そう言ってもらえるだけで嬉しいよ」

正直まだ次の仕事を探して働いている自分の姿がうまく描けない。

ただ、次の会社は慎重に決めたい。

前の会社に就職する際、正直、紗雪は焦っていた。

とにかく仕事をしなければならない、周りに置いて行かれるのは嫌だ。そんな気持ちだけで仕事を探していたような気がする。

「なんか、今回のことで自分が本当にやりたいことを仕事にしたいって思う」

「大賛成だけど、紗雪のやりたいことって？」

「それねぇ。そうなんだよねぇ」

「なんも思い浮かんでないということだけは理解した」

美咲の言葉に、紗雪はため息をつく。

好きでもないことを苦しいままに続けるより、好きなことを仕事にしたい。ただ、それを職にしたことで好きではなくなってしまうのは怖いので、趣味でとどめたいという気持ちもある。

どちらの感情も間違ってはいないのだろう。

「私、なにが好きなのかな？」

「迷走してるね」

結論は出ないままワインを飲み、食事を進めていく。酔いがまわり始めた頃には、話題が恋愛へ移っていった。

「――紗雪は、そのハルさんっていうオネエさんが気になるの？」

「そうなの。彼の恋愛対象、きっと男性なのに……無謀すぎる」

紗雪は机につっぷし、ふて腐れて唇を尖らせる。

ハルへの気持ちは好きという明確なものではなく、気になっている程度のものだ。恋かどうかすら怪しい。

「出会ってからまだ少しだし、好きとかってのじゃないとも思うんだけどさ」

「そう？　私だったらそんなふうに優しくしてもらったら、ころっと落ちそうだわ。弱ってる時の優しさって、普段の百倍以上に感じるし。恋かどうかは置いておいて、好意が芽生えないわけがない」

「そうかなぁ？」

「そうだよ！　特に紗雪の場合、崖《がけ》っぷちギリギリのラインにいて、それを引き戻してくれた人だよ。相手がゲイかどうかなんて関係なく好きになるわ。ただ、騙《だま》されてないか心配……。新手の詐《さ》欺《ぎ》だったらどうしようなんて、穿《うが》った見方もしてしまう……」

「大人になるって嫌だね」

「素直に人を信じることができなくなるよね。その優しさには裏があるんじゃないかとか、信用させてお金を騙《だま》しとる気なんじゃないかとかって――」

「怖い話だねー」

「用心するにこしたことはないからね。今度その人に会わせてよ」

「いいよー」

「むしろ今呼ぶか！」

「そうしよう！」

この時点で紗雪は相当ワインを飲んでいた。実際、泥酔とも言える状態だ。酔っ払いとは怖いもので、普段やらないことをする。

なんと、スマホを出してハルの携帯に電話をかけたのだ。

ワンコールで彼が出る。優しい声が耳に届いた。

『――ユキちゃん？』

「へへ、ハルさんだ。へへ」

『あらやだ。この子すっごい酔っ払ってる気がするわ。ユキちゃん、まだお店にいるの？　どのお店で飲んでるか言える？』

「お店、お店の名前……美咲、お店の名前ってなんだっけ？」

「えーっと、ちょっと待ってね」

紗雪は美咲にメニューの表紙を見せてもらう。それで店名がわかったので、ハルに伝えた。

ハルは誰かと会話をしているようで、電話の声が少し遠のく。しばらくしてここに向かうと言われたので、紗雪は大人しく待つことにした。

「ハルさん来るって」

「酔っ払いの行動力って凄《すご》いわ。なんか一気に酔いが覚めたんだけど」

「えー、つまんない。まだワイン残ってるんだから、飲みなさい、飲みなさい」

「飲むけど……、飲むけどさ。ま、いいか。この酔っ払い引き受けてもらえそうだし」

酔いが覚めたと言った美咲だが、結局のところ紗雪を止められていないのだから、彼女も酔っ払ったままだ。

それから十五分ほど経った頃、紗雪は誰かに肩を優しく撫《な》でられた。顔を上げた先にハルがいる。

「連絡してっていうお小言より、飲みすぎないようにっていう注意のほうがよかったみたいね」

「ハルさん、さっきぶり」

「最初からお店の名前を聞いておくべきだったかしら」

困った顔をするハルの後ろから、水谷も現れる。

「過保護通りこして束縛野郎かよ」

「聡はちょっと黙っててちょうだい」

紗雪は酔っ払いなりに、水谷に挨拶した。

「あ、水谷さんだ。お久しぶりです。その節はお世話になりまして」

「今も世話になってるだろ……」

水谷が呆れたように笑う。

たしかにまだ未払いの残業代の支払いを元の会社が終えていないので、お世話になっている最中だ。だが、酔っ払いの紗雪は、細かいことなど気にならない。

「ユキちゃん立てる？」

「もちろんであります」

ハルに言われ、紗雪は立ち上がった。けれど、ふらふらとして真っ直ぐ立てず、椅子にぽすんと逆戻りしてしまう。

「あれっ？」

「あれ、じゃないわよ。もう、こんなんでどうやって帰ってくるつもりだったのかしら」

「うーん。ネカフェかな」

「それも心配だわ。……ちょっと聡、なにナンパしてんのよ」

気がつくと、水谷が美咲の隣の席に座って話をしている。

「ん？　いいだろ別に。ちょっとこれからバー行こうかって話してただけだよ」

「いいけど。えーっと美咲ちゃんだっけ？」

「はい。でも、どうして名前知ってるんですか？」

「さっき電話でユキちゃんが言ってたから。アタシ、ハルって言って、ユキちゃんのご近所さんなの。ユキちゃんの面倒はアタシが見るから聡と一緒に飲み直しに行く？　一応こいつ弁護士で、下手《へた》なことはしないと思うわよ。なんかあったらアタシが絞めるし」

そうハルが言うと、水谷が口を出す。

「オカマに言われたくねぇな」

「オカマって言うんじゃないわよ。そのオールバックの髪型バリカンで剃《そ》るわよ」

「そんなことしてみろ、訴えてやっからな」

「あら、アタシだって、元はあんたより優秀だったのよ。対抗できるの知ってるわよね？」

「たく、口の減らない野郎だな」

二人の会話のテンポは軽く、まるで漫才を聞いているようだ。紗雪は声を上げて笑った。

「さてと、美咲ちゃん。この子連れて帰るけど本当に大丈夫？」

「はい、私は大丈夫です」

「わかった。一応これアタシの名刺。裏に個人用のSNSのアカウントも載せてるから、なにかあったら遠慮なく連絡してね」

「ありがとうございます」

「聡も一応弁護士の名刺をあげておきなさい。こういう出会いは信用第一なんだから」

「わかってるよ」

紗雪はハルの力強い手に支えられて、タクシーに乗り込んだ。ぽすんと彼の肩に頭を乗せて、鼻先をくっつける。

男性らしくはないが女性のものだとも言えない爽《さわ》やかな香りが鼻腔《びこう》をくすぐった。それが柔軟剤の香りなのか香水なのかの判別はつかない。

「——もう、ユキちゃん、しっかりしなさい。顔赤くして、身体もくてくて。襲ってくれって言ってるようなもんよ」

「大丈夫だよー。こんなん襲う男、そうそういませんって」

「あら、一応目の前にいるってこと忘れないでほしいわね」

ハルの瞳の奥に普段とは違う光が見えた。けれど酔っ払った思考では、それがどんな意味を持つのかわからない。ただ勘違いさせる彼の言動に、紗雪は唇を尖らせた。

「んもー、ハルさんはずっこい！　ずっこい！」

「ずっこいって……」

「だって、そんなふうに言われたら、本気にしていいのかと思っちゃうじゃんかー！」

「ユキちゃんっ、ユキちゃんちょっと声が大きいわよ！」

ぶすっとしながら叫ぶと、ハルが慌てて紗雪の口元を押さえる。なおも暴れる彼女を、彼はタクシーの座席に押しつけた。

「はー、本当に酔っ払いって怖いわねぇ」

「私が怖いっていうわけ？」

「ちょっと、ユキちゃん目が据《す》わってるわよ。あとちょっと近いわね。……まだよ、まだ手を出しちゃいけないって思ってるんだから」

ハルがぶつぶつ言っているが、紗雪の耳にはうまく入ってこない。彼女はタクシーの中から外をぼんやりと眺《なが》めた。

テールライトがちかちかと光って動いては、消えていく。

気がつくと、タクシーがマンションの前に着いていた。

紗雪はハルと一緒にマンション内に入り、部屋の前まで送ってもらう。

「ほら、ユキちゃん。鍵出して」

「いーやっ」

「嫌じゃないでしょ。鍵出さないとおうち入れないわよ」

「ハルさんとこ泊まる」

「駄目よ。だーめ、アタシのベッドにユキちゃんが寝るなんて、想像しただけでヤバイわ！」

本気で断ってくるハルに、紗雪はムッとする。

「……ハルさんは私のことヤバイって思うぐらい嫌いなんだ……」

「違う！　むしろ逆だから困ってるんじゃないのっ！」

ハルは焦って何かを言っているが、紗雪は急に酔いで気持ちが悪くなった。

「うっ、きぼちわるい……」

「ぎゃー！　ユキちゃんここで吐いちゃ駄目！　我慢して！　頑張って！」

ハルが慌てて自分の部屋のほうへ連れていってくれる。そして鍵を開けて紗雪をトイレへ向かわせた。

しばらくして、紗雪がふらふらとトイレから出ていくと、水のペットボトルを渡してくれる。

紗雪は水を半分ほど飲み干して、深く息を吐き出した。気持ちの悪さがやっと減った気がする。

けれど今度は眠気がピークで、頭がぐらぐらした。

紗雪は自分を締めつけるストッキングとブラをとっぱらい、目の前にあるベッドにダイブする。

ふかふかで気持ちよくて、至福だ。

「ユキちゃあん……」

ハルの情けない声が遠くに聞こえる。

「んー」

「アタシの理性を試してるんでしょ。そうに決まってるわ。なんて怖い子なの……っ」

「んっ、んー」

「……もういいわ。ゆっくり眠りなさいね」

ふいに優しく頭を撫《な》でられている感触がして、嬉しくなった紗雪は口の端を上げた。

くすぐったいが、もっとしてほしい。

とはいえ眠気には勝てず、紗雪はそのまま寝入った。


翌朝。

外の音がわずかに聞こえる。紗雪は朝になっていることに気がついた。

ぼんやりと目を開けると、天井になんとなく違和感を覚える。

ベッドもいつもより肌触りがいい。そして、右半分がなんだか温かい。

「うーん？」

首を緩《ゆる》く傾《かし》げて右に向き、目の前にあった端整な顔に息を呑んだ。驚きすぎて脳が凍る。

「これ、は、なんっ、ふぇ、やばい」

日本語能力が崩壊する。

紗雪はずりずりと身体を動かして、彼女を抱きしめるように眠っているハルから距離をとった。

ベッドの縁《ふち》に座り、自分の身体を確かめる。

「しては……ない。そもそも女に勃《た》つのか知らない。昨日美咲と飲んで、ハルさんに電話をした記憶までしかない。私はやらかしたの？　やらかした以外なんでもない……」

記憶を飛ばすほど酒を飲んだのは初めてだ。久しぶりの飲酒だったので、以前よりアルコールに弱くなっていたのだろう。頭が痛くて眉間に皺《しわ》が寄る。

「ハルさん……。すみません、昨夜の記憶は、ほぼないです」

「んっ、ユキちゃん？」

紗雪がベッドの上で土下座すると、ハルが慌てて起き上がった。紗雪の肩をぐっと押して、顔を上げさせる。

「うぅっ、ご迷惑をおかけしまして……！」

「いいの、いいのよ。ユキちゃんからの迷惑は大歓迎なんだから」

優しく笑ってくれるハルがかっこよくて、綺麗で、紗雪は胸が苦しくなった。

なぜ彼はこんなに甘いのか。それにずっとよりかかったままでいたくなる。

すでにこんなに甘えている状態なのだ。これ以上は依存だ。

紗雪は会社を辞めたばかりで無職。こんな状態で、誰かを好きになるべきではない。

この依存が相手を傷つけないとは限らないのだ。

自分自身で歩けるまで、この気持ちを育ててはいけないと紗雪は唇を噛みしめた。

第四章　クローバー　～私のものになって～

酔っ払って記憶を飛ばした挙句、二日酔いになってから、一週間が経った。

ハルは仕事が忙しいらしく、紗雪は最近、あまり彼に会えていない。

それを寂しいと思うものの、再就職について真面目に考えることに集中する毎日だ。

数ケ月はのんびりしようと思っていたが、辞めて半月ほどで結局仕事のことを考えている。

のんびりもしたいが、改めて自分の力で歩けるようにしたい。そしてハルへの気持ちを育てたいのだ。

ハローワークに行って仕事の紹介を受けているが、どうにもピンと来るものがない。惹《ひ》かれるものもあるが、自分の仕事の見る目のなさを思うと踏み切れなかった。

「私のやりたいことってなんだろう？　好きなことをやるべきか、好きなことは趣味にとどめて、別の仕事をするべきか」

フローリングの上をごろごろ寝転がりながら、プリントアウトされた紙を眺《なが》める。いろいろと考えたものの、どうにもうまく纏《まと》めることができず、紗雪は紙をばっと天井に向けて投げた。

「はぁ……」

頭が煮詰まっている時は美味《おい》しい紅茶を飲むに限る。

彼女はお気に入りのティーセットを取り出し、慣れた手付きで紅茶を淹《い》れた。

やはり紅茶を飲む時が一番落ち着く。

優しい香りが鼻腔《びこう》をくすぐり、笑みがこぼれる。

そして紅茶を飲みながら、自分の手と足を見た。ハルが綺麗に施《ほどこ》してくれたネイルのおかげで、気持ちが明るくなる。

紗雪は本棚の中からネイリストを目指す人向けの本を手に取った。ハルの仕事を知りたくて、買ってみた本だ。

その本によると、ネイリストの試験があり、それには三級から一級の階級も存在していた。

「ハルさんもこのテストを通ってるんだろうなぁ。独学なのかな、専門学校に行ったのかな？どっちなんだろう」

ハルが作った細かいネイルアートは綺麗だが、自分がやろうと思うと目が痛くなりそうだ。

紗雪は本をベッドの上に置いて、立ち上がる。

「……コンビニ行こう」

着替えて、財布とスマホだけを手に外に出た。

コンビニで飲み物やお菓子などを放り込んでいく。

特に目的もなく行ったせいか、手にしたものをほとんど購入してしまった。

大きな袋に詰め込まれた荷物はさすがに重い。

ため息をつきつつ歩いていると、後ろから声をかけられた。

「ユキちゃん」

「あれ、ハルさん。仕事終わったの？」

「そ、今日は早く終わったのよぉ！　ここ最近忙しかったし、久しぶりに早く帰れて嬉しいわ。しかもユキちゃんに会えるなんて、日頃の行いがいいからかしら」

「私と会えるだけで行いがいいなんて、幸運のハードル低すぎない？」

「あのねユキちゃん。ユキちゃんは自分のこと卑下《ひげ》しすぎるところがあるけど、そんなの変だからね。アタシがいいって言ってるんだから、誰がどう思っても、今日はいい日なのよ」

こんなふうに言われれば、誰だってころっといってしまいそうだ。ころっと絆《ほだ》されて、ころっと貢《みつ》いでしまう。

「人たらしだ。絶対ハルさん、人たらし」

「そうかしら？」

微笑するハルと共に紗雪はマンションへ続く坂道を上る。

近づくと誰かがマンション前に佇《たたず》んでいるのが見えた。

その男性がこちらを見て笑う。男性は、以前一緒に働いていた降旗だった。

「楠沢！」

「……降旗さん」

なぜ降旗がここにいるのか。紗雪は少し怖くなる。

彼とは会社を辞めるにあたって、少し話したことがある程度で、お互いの家を知るほど仲がいいわけではない。

「ユキちゃん、知り合い？」

ハルが紗雪の耳元に口を寄せ、小さな声で聞いてきた。紗雪は合わせるように小さな声で答える。

「前の会社の先輩」

「あぁ、ブラック会社の先輩ね。そんな人がなんでこんなところに？」

「わからない」

降旗が近づいてくるので、紗雪は思わず一歩後ずさる。

「久しぶりだな。元気だったか？」

「あ、はい。なんとかやってます」

「そうか、よかったよ。ちょっと話をしたいんだが――」

「話ですか？」

降旗はぐいぐい迫ってくるが、ここで立ち話をするには、手の荷物が邪魔だ。とはいえ、あまり親しいわけではない彼を自宅に招くつもりもない。

けれどこの辺りは住宅街のため、駅前まで戻らなければ手頃な店がなかった。

ハルが心配そうな声で提案してくれる。

「ユキちゃんの家で話をするの？　アタシが部屋についていこうか？」

それも嫌だなと紗雪は思った。ハルに迷惑をかけたくないし、紗雪の部屋に降旗を上げるのはもっと嫌だ。

「ここで聞く」

「じゃあ、荷物持ってるわね」

「ありがとう」

ハルのこういうところが胸にくる。紗雪はハルに荷物を渡してから、降旗に向き直った。

「降旗さん、なにかあったんですか？」

「……あ、いや、その。話に入る前にこちらの方は？」

「私のことを助けてくれた大切な人です」

降旗がハルを男女どちらと判断するかわからないので、紗雪はあえて曖昧《あいまい》に紹介する。

「そうなんだ。あーっと、まず一つは俺も会社辞めることができたっていう報告」

「よかったですね。おめでとうございます」

「ありがとう。楠沢が辞めてくれたおかげで、他にも辞めようって動き出した奴が何人かいたんだ。代表で感謝の気持ちを伝えたくて」

「そうだったんですか。みんなも抜け出せればいいですね」

紗雪は一緒に働いていた人たちの顔ぶれを思いだした。

仲よくしていた人はほとんどいなかったけれど、自分が辞めたことで希望を見出した人がいるなら、それは嬉しいことだ。

自然と笑顔になる紗雪に、降旗が切り出す。

「——それで、辞める前に言ってたこと、考えてくれたかなと思って」

「言ってたこと？」

なんのことだか思いだせなくて、紗雪は片眉を上げた。

「ほら、一緒に働かないかって」

「あ、ああ。あのこと……ですね」

たしかにそんなことを言われていたと思いだす。

ただ、あの時やんわりとではあったものの断ったつもりだ。もしかしたら降旗は断られたと思っていないのかもしれない。

「すいません。正直もう一度同じ職種に就こうとは考えられないんです。もしかしたら楽しいかもしれませんが、今度はまったく違うことをしてみたいんです」

「そんなもったいない。課長はお前のことをぼろくそに言ってたかもしれないが、楠沢ほど仕事ができる奴はいないんだ。頼む、俺と一緒に会社を守り立ててほしい」

降旗が紗雪の両手を取って握りしめる。

ぞわっと恐怖が背筋を走った。振りほどきたくとも力が強く振りほどけない。

焦っていると、降旗の手をハルが押さえた。

「あらやだ。女の子の手をこんなに力強く握っちゃ駄目よぉ。恐怖を与えるだけなんだから」

「うわっ、声……低っ」

降旗が、ぎょっとしたような表情になる。

「ちょっとー、失礼だわ。声が低いなんて思っても口に出してんじゃないわよ」

「す、すみません。ちょっと、気持ちが昂《たかぶ》ってしまって」

「そもそも、ユキちゃんは断ってるんだから、男なら大人しく引き下がりなさい」

「いや、それはあなたには関係ないでしょう」

「関係あるわよ。ユキちゃんはアタシにとって大切な子なんだから！」

それは関係あるに入るのだろうかと、紗雪は少し疑問に思った。けれどハルに大切な子と言われると嬉しい。

紗雪はその言葉と彼の存在に勇気を貰った。

「降旗さん。本当に私、次の仕事はゆっくり見つけていこうと思ってるんです。だから、降旗さんの会社には入れません。すみません」

「……わかった。もし気が変わったらここに連絡くれ」

名刺を差し出されて、迷いつつも受け取る。

おそらく連絡することはないが、拒否するのも感じ悪いだろう。

しかし、どうして降旗が自宅を知っていたのかが不安だった。それを聞かずに別れるわけにはいかない。

「あの、……どうして家が？」

「あー、ごめん。連絡先交換してなかったから、辞める前に会社の――」

降旗の答えを聞いて、ハルのほうが食ってかかる。

「ちょっと、それ個人情報なのに駄目じゃないの！」

降旗はばつの悪そうな顔をしながら、紗雪に謝った。

「それに関しては申し訳ないと思ってる。連絡手段がなかったとはいえ、個人情報を盗むような真似はよくなかった。ただ、本気で一緒に会社を守り立ててほしいんだ。手段を選んでいられなかった。二度と待ち伏せみたいなことはしない、それは約束する」

降旗が頭を下げる。

紗雪は彼から解放されたいという気持ちから、謝罪を受け入れることにした。ハルは納得していないようだが、「いいの」と言っておく。

そして、降旗が帰っていくのを見送り、ため息をついた。

正直、もう彼とは会いたくない。

「ユキちゃんうちでお茶でもしてく？　美味《おい》しいスコーン買ったのよ」

「なら、荷物置いて片付けてから行くね。お湯だけ沸かしておいてもらえる？」

「お湯だけ？」

「うん」

「わかった。準備しておくわね」

紗雪は自分の部屋の前で荷物を受け取り、中へ入る。冷蔵庫の中に買ってきたものを入れ、お菓子も定位置へしまった。

そして、食器棚からティーポットと茶葉を出し、ハルの部屋へ急ぐ。彼は笑顔で迎えてくれた。

「いらっしゃい」

「おじゃまします。今日は私がお茶淹《い》れていい？」

「あら、紅茶？　いいわよ。葉からだなんて嬉しいわ」

「高校時代からの趣味なの」

「へぇ、素敵ね。なにかきっかけがあったの？」

「元々紅茶が好きっていうのもあったんだけど、紅茶の漫画を読んだことで興味を持って。紅茶に関する知識が増えてくと、ますます楽しくなってさ。それで、今に至るって感じかな」

ハルの許可を得た紗雪はティーポットにお湯を入れて、マグカップに注いでいく。

「へぇ、ポットとマグカップを温めるのね」

「普段は面倒くさくてやらないこともあるけど。今日はちょっと特別に……かな」

お湯を捨てて、ティーポットの中に茶葉を入れた。その様子をハルが興味津々《きょうみしんしん》の目で見ている。

「これはなんて紅茶なの？　アタシが知ってるのは、アッサムとダージリンくらいかしら。あ、あとアールグレイもわかるわ」

「これはニルギリって言うの。インドの茶葉で、セイロンに似て癖がないすっきりとした味が特徴。比較的誰でも飲みやすいと言われているんだ」

「もしかしてアタシのために選んでくれたの？」

ハルがにっこりと優しく笑う。

たしかにこれを選んだのは、あまり紅茶を飲まない彼のためだ。

ハルは普段コーヒーばかり飲んでいる。紅茶が嫌いなわけではないみたいだが、コーヒーはインスタントで楽だからついそっちを飲んでしまうと言っていた。

葉から紅茶を淹《い》れるとなると手間なのは、紗雪にもわかる。けれど、淹《い》れたての紅茶の香りはとてもよく、心が落ち着くので、ぜひ楽しんでもらいたいという気持ちがあった。

紗雪は黙って笑顔を向ける。

「ありがとう。そうえば、ニルギリってどういう意味なの？」

「えーっと、青い山……だったかな」

「青い山ねぇ。なんだかちょっと神秘的な感じね」

彼の言葉に笑いつつ、紗雪は葉にお湯を注ぎ五分ほど蒸らす。そしてティーカップに注いだ。

「あら、なんだか色が薄いのね」

「うん。この葉は色が薄いのも特徴だから」

「知らないことってたくさんあるわぁ」

「ふふ、そうだね。私が知ってることでハルさんが知らないこともあれば、ハルさんが知っていて私が知らないことも数え切れないくらいあるね」

ティーカップをテーブルの上に出す。二人はハルが買ってきたスコーンと一緒にお茶にした。

柔らかく穏やかで幸せな時間。

二人でとりとめのないことを話しながら笑い合う。

そうやって楽しく過ごし、紗雪は自分の部屋へ帰った。

カレンダーを見つめ、ハルと出会った日のことを思い出す。

あの時彼に出会わなければ、自分は今もまだ社畜として苦しい日々を過ごしていただろう。

いつか彼にきちんとお礼をしたい。

「――そういえば、明後日《あさって》バレンタインか」

ここ数年、縁のなかったイベントだ。

紗雪にはチョコの匂いも人々の浮ついた雰囲気も煩《わずら》わしいものだった。ひどいやっかみだ。

「バレンタイン……」

紗雪はスマホを手に取って、どこかいいレストランが予約できないか調べ始める。けれど途中で、ハルが仕事だったら予約したとしても意味がないことに気がついた。なら、家でご飯でもと考えたものの、正直自分よりもハルのほうが料理がうまいのでお礼にならない。

紗雪は立ち上がり、ハルが住む部屋のチャイムを鳴らす。

「あら、どうしたの？　なにか忘れ物でもした？」

「ううん。ハルさん、明後日《あさって》かその次の日空いてる？」

「明後日《あさって》は、一日予約が埋まってるわね。三日後なら夜の七時ぐらいには上がれると思うけど、どうかした？」

「わかった。じゃあ七時半ぐらいに待ち合わせしてご飯しない？」

「いいわよぉ。ユキちゃんからのお誘い、すっごい嬉しいわ」

紗雪はハルと約束できたことに、にんまりする。

すぐに自宅に戻って、パソコンを立ち上げた。パソコンの画面を見つめ、いいお店がないかを探す。

いくつかキーワードを入力すると、最適なお店の候補が出てきた。その中から店を選び、コースを調べる。

予算や時間、人数などによって出てきたプランをいくつも比較し、紗雪はハルの仕事場から十五分ほどで行けるお店に決めた。予約がなんとか取れたので、一安心だ。

それから紗雪は当日まで洋服を決めたり、化粧の練習をしたりした。もちろん、一日ずれてしまうがバレンタインのチョコも準備している。

手作りにするか悩んだ末、外国でも有名なお店のチョコを買った。

自分用にも買って食べてみたが、その美味《おい》しさに口が開くほどだ。

いよいよ当日。

紗雪はシャワーを浴びて化粧を丁寧に施《ほどこ》し、ハルにすすめられたワンピースを着た。パンプスもハルと買い物に行った時に買ったものだ。コートや鞄にも気を使う。

トータルコーディネートとして、悪くない格好だと思う。

念のため、美咲に写真を送って見てもらった。彼女からは猫がグッジョブしているスタンプが返ってきている。

別に告白をするのではないし、恋人とのデートというわけでもない。それなのに凄《すご》い気合の入れ方だと自分で呆れた。けれど楽しい。

ハルに可愛いと言ってもらえないかな、と考えて行動するのは心が沸き立つ時間だ。

紗雪は電車に乗り、待ち合わせ場所へ向かう。

黒いタイツを穿《は》いているとはいえ、膝丈のワンピースでは、この季節はまだ寒い。両手に息を吹きかけながらハルを待った。

待ち合わせ時間になったのであたりを見渡すものの、まだハルらしき人は見当たらない。

スマホに連絡が来ていないかと下を向くと、目の端に焦《こ》げ茶色《ちゃいろ》の革靴が見えた。

顔を上げた先に、化粧はせず少し長めの髪の毛を一つに纏《まと》めて、男性もののスーツに身を包んだハルが立っていた。

「待たせて、ごめん」

「……っ」

あまりのことに、紗雪は口を開けたまま固まった。

「ユキちゃん？」

ハルは紗雪の顔を心配そうに覗き込み、声をかけてくる。自分の名を呼ぶ声に、紗雪は我に返った。

「ふぁ、ご、ごめん。びっくりしちゃって」

「あー、そうよね。この格好じゃあ驚いちゃうわよね」

呆然としている紗雪を見たハルが、口の端を上げて彼女の耳元に唇を寄せる。

「惚《ほ》れそう？」

低い声で囁《ささや》かれた。

紗雪は思わず両手で顔を覆《おお》う。

「ひぇっ……！　いや、でも、その、かっこいいです……はい」

火照《ほて》る頬を冷ますように手であおいだ。

「ちょっと、なんで敬語なのよ。まぁ、この姿の説明は食事をしながらにでもしましょ」

「そうだね。えーっと、お店は……こっち、かな」

話を早々に切り上げ、紗雪はスマホに地図を出す。それを頼りにハルと一緒にお店へ向かった。

しばらくすると、エメラルドの屋根に赤い看板が見えてくる。紗雪は道を間違えていなかったことにホッとした。

カランとドアベルを鳴らして扉を開けると、店員がやってくる。

「いらっしゃいませ。本日はご予約でしょうか？」

「はい、二名で八時から予約している楠沢です」

「楠沢様ですね。お待ちしておりました。こちらにどうぞ。コートをお預かりいたします」

紗雪とハルはコートを店員に渡し、案内されるまま店内を進む。

シチリア島をイメージしたリゾート風の店内は天井が高く、テラコッタの床と温かみのある壁紙、木製の調度品が落ち着いた雰囲気を醸《かも》し出していた。

客はバレンタインの翌日だからか、男女の二人連れが多い。

二人は店員に促《うなが》され、椅子に座った。

「ユキちゃん、ここ有名なお店じゃない」

「ふふ、贅沢《ぜいたく》してみました」

店員がやってきて、ドリンクの注文を聞かれる。スパークリングワインや赤、白のワインなどが一杯目は無料なのだ。

紗雪はスパークリングワイン、ハルは白ワインを頼み乾杯した。

「ここのイタリアン美味《おい》しいって聞いてて、一度食べてみたいと思ってた。嬉しいわ」

「そう言ってもらえて、私も嬉しい」

このレストランは昔から評判がいい。今回はコースを頼んでいて、特に美味《おい》しいと噂の手打ちパスタが入っている。今から楽しみだ。

しばらくして運ばれてきた前菜を食べながら、紗雪は今日のハルの格好について切り出した。

「――ねぇ、ところでどうしてその格好なの？」

「あー、実は雑誌の取材があったのよ」

「雑誌の取材？　なんか凄《すご》いことになってるね」

「そうなの。まぁ、アタシみたいなネイリストなんてあんまりいないじゃない。それにアタシの経歴が経歴だしね」

「経歴……？」

「あら、言ってなかったかしら？　アタシ、前職は聡と一緒で弁護士してたの」

「弁護士からのネイリストなの!?」

「そ、意外かしら？」

「意外というか、まったく想像がつかないかも」

なぜ弁護士という職業からネイリストになったのだろうか。聞いてもよいのか躊躇《ためら》っているうちに、彼は話を続けた。

「今はこんなんだからねぇ。って、今日はこの格好だけど。まぁ、だからなのか、二種類写真を撮らせろって言われちゃったのよ。いつもの格好とこのスーツ姿。ギャップを出したいとか言ってたかしら」

「いやぁ、なんていうか格好と口調の違和感が……」

「やだ、失礼しちゃうわね」

「でも、どっちのハルさんも好きだなぁ」

にこにこと紗雪は答える。

普段の格好は綺麗で好きだが、今日みたいなスーツ姿もかっこよくていい。心臓に悪いくらい素敵だ。

そして二人でコース料理を堪能《たんのう》し、紗雪はハルに連れられてバーへやってきた。

先日みたいに記憶を飛ばさないよう、弱いお酒かノンアルコールのものをすすめられる。

せっかくバーに来たのだから、美味《おい》しいカクテルを飲みたいと思った紗雪だが、二度とハルに迷惑はかけられないので言われた通り度数の低いカクテルをお願いした。

お酒をそこそこに楽しみ、外に出る。バーの中が暖かかったからか、外に出ると寒さが身に染みた。手に息を吹きかけていると、ハルがこちらに手を差し伸べる。

紗雪は、その手を取った。温かい彼の手に口の端が上がる。

「ユキちゃんの手は冷たいわね」

「ハルさんはあったかい」

「ちょうどいいわね」

ハルはそんなことを言いながら、紗雪の手を自分のコートのポケットの中に入れた。

それは紗雪が昔ドラマで見て憧れた光景だ。恥ずかしさと照れが身を包む。

画面を見ていた時は、ただ羨《うらや》ましくて自分もこんなシーンを体験したいと願ったものだ。だが、実際に体験すると、なんだかむず痒《がゆ》さがある。

この程度で照れるなんて、自分は男性への免疫力が低いのかもしれない。

「……ハルさんは、ずるい」

「なんでよ」

「だって、そんなギャップ見せられたら胸がきゅんってしちゃうじゃんか」

「それは……嬉しいから、アタシ的にはいいわ」

「嬉しいとか、嬉しいとか言っちゃって……」

ハルは紗雪を子ども扱いか、友達扱いしているのだ。

「ユキちゃん、どうしたの？」

「だって、ハルさん優しいから。優しいから……ずるい」

小さな声で呟《つぶや》く。

優しくされるのは嬉しいし、幸せな気持ちにもなる。

その反面、怖くもあった。

この優しさがいつまで続いてくれるのか、いつかハルが離れていくのではないか、と不安になる。

そもそも、これは恋なのだろうか。彼の恋愛対象になるのかさえもわからない。

再就職が決まるまでは気持ちを育ててはいけないと思っていた。けれど、気持ちなんて自制できるものではなく、勝手に育ってしまう。

自覚と同時に進行が速まるなんて、ひどい病気だ。

「私が本当にハルさんのこと好きになってたらどうするの？　こんな気持ち、どうすればいいのかわからない……」

自分の気持ちを持てあました紗雪は、下唇を軽く噛みながらうつむく。

「ユキちゃん……。ゆーきっ、ほらアタシを見て、ほーら」

ハルの手が紗雪の頬に添えられた。緩《ゆる》い力で顔を上げさせる。

気がつくと、目の前が歪んでいた。目に涙が溜まっている。瞬《まばた》きをすると、ぽろっと涙が零《こぼ》れ頬を伝った。

「どうして泣くの？　優しくてずるいから泣いちゃうの？」

ハルが優しく聞いてくる。

「私は今、中途半端なところにいて、この先どうなるのか、どうするのかも決めてない。だから、だからハルさんの重荷になりたくなくて……違う、そういうことが言いたいんじゃないの」

紗雪の頭の中は混乱していて、うまく言葉が纏《まと》まらない。伝えたいことは、もっと単純で簡単なことのはずなのに。

「――ユキちゃん。アタシね、ユキちゃんのこと好きなのよ」

ハルの言葉に紗雪は沈黙する。

「どういう好きなのかわからないって顔してるわね。そうねぇ、――一生大事にして生きていきたいって思うような好き、よ」

「ハルさんの恋愛対象は女なの？」

「そうね、女の子が好きっていうよりはユキちゃんが好き。ユキちゃんがいいの」

「私は……、私はハルさんが好き。どうすればいいかわからないくらいハルさんが好きで、こんなに好きで、せき……責任取って！」

紗雪の口から勝手に言葉が零《こぼ》れ出《だ》す。ハルが目を丸くして笑う。

「やだ、可愛い。もちろん、責任取らせてもらうわ。だから、ユキちゃんは、アタシがユキちゃんのこと好きになっちゃった責任を取ってちょうだい」

「もちろん」

ふいにハルが背をかがめる。紗雪は少しだけかかとを上げた。

柔らかな唇が触れ合う。

冷えた空気の中、繋がっている手と触れ合った唇だけが妙に温かい。

紗雪は幸せに触れた気がした。

けれど急にハルが顔を上げる。

「駄目だ。これは我慢できない」

ハルが普段より低い声で呟《つぶや》く。口調も男性的でドキリとした。けれど、次の瞬間にはいつもの声のトーンに戻る。

「ユキちゃん！」

「は、はい！」

「明日のご予定は？」

「なにもない……」

「なら、アタシと過ごすに決定ね。アタシも明日はオフなのよ」

紗雪はハルに手を引っ張られてタクシーに乗り込む。途中コンビニに寄ってからハルの部屋へ行った。

部屋に入るなり、以前も眠ったことのあるベッドに押し倒される。

急展開に頭がついていかず、紗雪は目をパチパチと瞬《また》かせ、降ってくる口付けをただ受け入れた。

最初は優しいだけだった口付けが、だんだんと官能めいたものへ変わっていく。

これから起こる情事に期待を膨らませ、紗雪は身体を火照《ほて》らせた。

けれど、こんなことになるなんて全く思っていなかったので、なんの準備もしていないことに気がつく。このままではハルを幻滅させてしまうかもしれない。

「ハルさんっ、待って！　ちょっと待って！」

「いーや」

「後生だから、後生だからお願いします！」

「んもー、どうしたの？」

ハルは唇を尖らせた。その仕草は可愛いけれど、男姿だからか色気が滲《にじ》み出てもいる。なんだか悔しい。

「私、今日はこういう予定ではなかったんです」

「知ってるわよ」

「それ故《ゆえ》、準備が完璧ではございません」

「そうかもね」

「三十分！　いえ、十五分でいいので私に時間をください！」

「……駄目っていうのは、酷《こく》なとこね。わかった。十五分ならアタシも我慢できるわ。でも十五分よ。それ以上は絶対に待てない」

ハルが離してくれたので、紗雪は急いで自分の部屋へ戻り風呂場に飛び込んだ。ムードもなにもないけれど、幻滅されるよりはいい。

大急ぎで可愛い下着を身につける。一瞬タイツをどうしようか悩んだ。

「どうせ脱ぐのに穿《は》くのも変だけど、脱いで行ったらやる気満々感がある気がする……」

悩んでいると、スマホが鳴り響いた。ハルからだ。

「わぁ、十五分経った！」

タイツを穿《は》き直《なお》す時間はすでになく、紗雪はハルの部屋へ戻る。彼はジャケットだけを脱いだスーツ姿のまま、コーヒーを飲んでいた。

「おかえり」

「た、だいま」

袖を捲《まく》ったシャツから覗く、筋肉のついた腕が艶《なま》めかしい。

冬の今、彼の素肌を見たことはほとんどなかった。今が男性姿だというのも大きいかもしれない。

いや、紗雪はハルが好きなのだから普段の格好だったとしても色っぽいと感じただろう。

ハルが近づいてきて、紗雪を抱きしめた。

いつも通り穏やかなのに、その表情にはどこか焦りがある。

「つーかまえた。気持ちは変わらずでいいわよね。まだ早いって思うなら、もう少し時間が経ってからでもいいけれど……」

「大丈夫。私、ハルさんに触れたい」

「もー、ユキちゃんって本当小悪魔だわ。無自覚に人を煽《あお》るようなこと言うのね」

彼は先ほどと同じように紗雪をベッドに押し倒す。

「ま、今日はとことんよろしくね」

ハルが舌舐めずりをした。

紗雪は直感的に捕食されると感じる。

彼の手が紗雪の両腕を掴み、そっと滑らせていくと手のひらを包み込んだ。指と指の間に彼の指が入り絡み合う。大きな手でシーツに縫い付けられているようだ。

ハルの唇が紗雪の目や鼻、頬に落ちてくる。

口付けされるたびに、どちらの唇からも甘い息が漏れた。

柔らかい唇が触れている。それだけで官能的な気分になる。

見上げる彼の目には熱が灯っていて、さっきまでとは別人みたいだ。

乱れた髪が落ちて紗雪の頬にかかった。少しくすぐったい。

ちゅっ、とまた唇と唇が触れ合う。

目の前のハルの目は開けられたままだ。なぜだか紗雪も目を閉じることができない。見つめ合いながら、互いの唇を求め合った。

彼の肉厚な舌が紗雪の口腔《こうこう》に入り込み、歯列や頬の裏を舐める。まるでマーキングだ。唾液を塗り込んで、自分のものだと主張している。

二人は角度を変え、飽きることなく口付けをし合った。

飲み込みきれなくなった唾液が口の端を伝って落ちていく。

「はぁっ、ん」

濃厚な口付けに酔っている紗雪に、ハルが問いかける。

「ねぇ、知ってる？」

「なに、を？」

「人がキスするのって、遺伝子の相性を確認するためらしいわよ」

「ふふ、なにそれ。根拠はあるの？」

「さぁ？　きちんと調べてないもの。ただ、アタシたちの相性はとてもいいみたい。だって、ユキちゃんの唇は甘くて、ずっとキスしてたいもの。ちっちゃい舌が一生懸命動くのが可愛くて、スラックスが痛いわ」

「ハルさん。ムードがない台詞《せりふ》……」

「あら、アタシたちにムードなんて必要かしら？　自然体で会話して、楽しんで、愛し合えればいいじゃない？」

ハルの言葉に「もうっ」と返しながらも、紗雪は彼と同じ気持ちでいた。

ムードがないからといって行為が止まるわけでも、気分が萎《な》えるわけでもない。

ハルから香る匂いが好みで、紗雪はハルの首筋を嗅《か》ぐ。

「なぁに？　匂い嗅《か》いでるの？」

「うん。ハルさんの匂い凄《すご》い好き。なんだろう。ずっと嗅《か》いでたい」

「んふふ、嬉しい。あー、ユキちゃん好き。大好き。可愛い。食べちゃいたい。食べてるけど！」

ハルが紗雪をぎゅうっと抱きしめ、肩口に顔を押しつけて叫んだ。

紗雪はその背に手を回す。

男性経験がないわけではないけれど、こんなに幸福を感じるのは初めてだ。求められ愛されていると実感させてくれる。

涙が出そうなほど嬉しい。

彼の全身から感じる愛情を、同じように返したい。大好きだと伝えたい。

ハルの手がワンピースのジッパーにかかる。彼が引っ張りやすいように紗雪が身体を浮かせると、すぐにジッパーが下ろされた。

もっと脱ぎやすい格好のほうがよかったかもと思っているうちに、ワンピースを脱がされる。

紗雪が下着だけになったというのに、ハルはネクタイさえも取っていない。

紗雪は彼のネクタイに手を触れようとして、やめた。

もう二度とハルのスーツ姿を拝める日はないかもしれないのだ。なら、ぜひとも見てみたいことがある。

「ねぇ、ハルさん」

「ん？」

「ネクタイ取ってみせて」

「ネクタイを？」

「そう。指で抜いてみせてほしい」

「ふふ、フェチね」

男性のネクタイを外す姿はなんとも艶《なま》めかしい。それが恋人ならなおさらときめく。

しかも、ハルは美しい。

ハルが紗雪をじっと見つめながら、ネクタイを片手で外す。そのかっこよさに思わずにやけそうになり、紗雪は自分の口元を覆《おお》った。腕の血管やごつごつとした指を舐めてみたくなる。

「かっこいい人ってずるい。どうして世の中こんなに不公平なのか、誰か教えてほしい」

「ユキちゃんってずるいが口癖よね」

「だって、ずるいんだもん。でも……好き」

紗雪の言葉に、なぜかハルが目をぎゅっと瞑《つむ》り深い息を吐き出す。

「ハルさん？」

「ん？　大丈夫、なんでもないわ。さぁ、続きをしましょうか」

ハルはシャツを器用に脱ぎ捨て、上半身を晒《さら》した。紗雪はその均整の取れたプロポーションに息を呑む。

「……っ」

ハルがにやっと口角を上げた。

「あら、もしかしてときめいちゃった？」

「なんなの、そのギャップ！」

紗雪は両手で顔を覆《おお》い、両足をバタバタと動かす。彼女に馬乗りになっているハルは、楽しそうに笑うだけだ。

「普段から大柄だとは思ってたけど、そんな筋肉の持ち主だったなんて。ハルさんは私を殺すんだ。きゅん死にさせる気なんだ」

「少女漫画にありそうな死因ね」

「それ、鍛えてるの？」

「昔ね。最近はジムもサボりがちよ。正直面倒くさいって思い始めてるしね。朝ジムに行ってから会社に行く人もいるみたいだけど、アタシ、朝が弱いのよねぇ。夜、時間がとれる時に二十四時間やってるジムに行くぐらいになってるわ。弁護士の時はスーツだったからいいけど、鍛えすぎて筋肉がもりってしちゃうと可愛い服が似合わないのよ」

「そうなの？　でもハルさんのよさは筋骨隆々《きんこつりゅうりゅう》でセクシーなところだよ。筋肉質な足でハイヒールを履く姿は綺麗で、女神のようだと私は思う」

「アタシからすればユキちゃんは天使よ。いいカップルじゃない？　女神と天使って」

「そういうこと言っちゃうハルさんって最高」

紗雪はハルの首に両腕を回して、キスを強請《ねだ》る。彼が紗雪の唇を甘噛みした。すぐに舌を絡め合う。

ハルの手が優しく紗雪の身体をさする。二の腕から腋《わき》へ辿る手が温かい。

唾液で濡れた熱い舌は口の端から頤《おとがい》、そして首筋へ流れていった。舐められた場所から熱が灯る。紗雪の身体の奥にじくじくと甘く淫《みだ》らな熱が溜まり始めた。

やがて首筋を通った舌が鎖骨に辿り着き、そこから戻る。

淫猥《いんわい》な舌先に紗雪の喉《のど》が鳴った。

彼女の身体のラインに沿ってハルの手がゆっくりと動く。片方の手は紗雪の背中へ回り、ブラのホックを外した。

締めつけのなくなった胸がぷるんと揺れる。

彼女の腕から紐《ひも》を引き抜き、見せつけるようにハルがブラを床へ落とした。

なんだか恥ずかしくて、紗雪は思わず胸を両腕で隠す。

「着替えてきてくれた下着可愛かったけど、それ以上にユキちゃんの胸は素敵ね。はりがあって指先で押すと、押し返される……」

「そんなこと口に出さないでっ」

「あら、照れてるの？」

「……当たり前でしょ」

むしろなぜハルは照れないのか。

もちろん彼は、紗雪が初めてというわけではないだろうが、余裕があるように見えるのがなんとなく癪《しゃく》に障《さわ》る。

意地になって隠すと、ハルがその手をどけようとした。

「ほーら、隠してないで可愛いおっぱい見せてちょうだい」

「ハルさん力、強いっ……」

「男なんだから当然でしょ。もちろん、傷つけないように優しくするけどね。ユキちゃんが動くたびに、胸がぷるぷる揺れてたまらない。アタシの手に少し余るくらいで、サイズもちょうどいいわ」

口調はいつもと変わらないのに、彼の雰囲気には先ほど以上の熱がある。部屋の中の空気まで変わった気がした。

ハルは両手で紗雪の胸を掬《すく》い上げ、ぐにぐにと形が変わるほどに揉《も》みしだく。紗雪の胸の頂《いただき》は、主張を持って尖っていった。

「んっ、はぁ……」

「息が蕩《とろ》けてきたわね。もっと甘い声を聞かせて」

片方の胸を揉《も》んだまま、もう片方の胸の頂《いただき》をハルがぺろりと舐める。舌先を軽く滑らせてから、舌の腹部分で先端を覆《おお》った。

もっと強い刺激が欲しくなった紗雪は、無意識に身体を反《そ》らせる。

「ふふ、もっと舐めてほしい？　それとも強い刺激が欲しい？」

「……んぁっ」

頭の中に浮かんだ単純な言葉を、まだかすかに残っている理性が押しとどめる。

ハルの手の動きは止まることなく、胸に小さな刺激を与え続けた。紗雪はだんだんなにも考えられなくなる。

「ほぉら、はやく教えてちょうだい。じゃないと、ずーっとこの状態よ」

「ん、つよい……刺激が、ほしい」

「よく言えました」

紗雪が答えると、ハルは恍惚《こうこつ》とした表情になり、口を大きく開く。紗雪の胸の頂《いただき》を咥《くわ》え込み強く吸い上げた。

「ひんっ、あ、あぁっ」

「感度がいいのね。胸を吸うだけで腰がびくびくと動くんだもの」

楽しそうに紗雪の動きを観察している。

紗雪は彼を見る余裕もなく胸の頂《いただき》を弄《いじ》られては喘《あえ》ぎ声を上げ続けた。

胸の周りを吸い上げられると、今度はかすかに痛みが走る。それが刺激となり、意識が快楽に呑み込まれていく。

もう長い時間、胸を愛撫《あいぶ》されている。抗《あらが》えない疼《うず》きに、紗雪は思考を持っていかれそうになっていた。

ハルが手と口で紗雪を追い詰めていく。

より深く胸を咥《くわ》え込み、ぬるぬるとした舌で舐めしゃぶった。そして、頂《いただき》を舌で扱《しご》く。

しばらくして、ふいにちゅぽっと彼の口が胸の頂《いただき》から離れた。胸がふるりと揺れる。

空気に触れた乳首が冷たい。

彼の舌は谷間から臍《へそ》に向かってゆっくりと這《は》っていく。

紗雪の胸は彼の唾液でてらてらと光っていた。その光景は卑猥《ひわい》だ。

舌は臍《へそ》に辿り着くと、円を描くように舐める。そして突然、ちゅうっとキツく吸いついた。

ぞわりとした快感が紗雪の背筋を走る。

全身が熱い。どこもかしこも性感帯になっているのではないかと不安になる。彼に触れられた場所はそれほど敏感になっていた。

ハルの手が太ももから付け根あたりを何度も優しく撫《な》でるように往復する。同時に顔を上げ、紗雪の膝にキスをした。舌で膝から足の指先を舐めていく。

ふいに、紗雪の足首が持ち上げられる。一体なんだろうかと見ると、彼が艶《あで》やかに笑い、口から舌を覗かせた。

主張するように舌を見せてから、足の親指を咥《くわ》える。

「ひぁっ、ハルさんっ、そこは汚いっ」

「汚くないわよ。ユキちゃんの身体はどこもかしこも甘くてケーキみたいだもの。アタシ大好物なのよね、あまーいケーキとかって」

ハルは紗雪の足の指を丁寧に一本ずつ口に咥《くわ》えては舐めしゃぶる。彼が十本の指を舐め終わる頃には、紗雪の腰はゆらゆらと動いていた。

まだ彼の欲望を呑み込んでもいないのに、胸と足への愛撫《あいぶ》だけで体力が奪われ、ぐったりだ。

だがハルのほうはまだまだ体力があるらしく、手を休めることがない。

彼の唇は足先から膝裏を舐め上げたあと、付け根へ向かっていく。付け根部分で舌を往復させ、吸い付いて痕《あと》を残した。

「これだけ、ここに主張があったら他の男は萎《な》えるでしょうねぇ」

してやったりという表情で、ハルが言う。

「う、浮気なんてしないもの」

「わかってるわよ。わかってるけど、この子はアタシの大事な子で、この子のこんなところを見られるのはお前じゃないって主張したいの。アタシの我《わ》が儘《まま》よ。こんな可愛い子が外を歩いていたら、どっかに連れ込まれるかもしれないじゃない。アタシはいつでも気が気じゃないの」

「本当ハルさんってば、心配性なんだから」

「そうなの。だから、心配させないでね。アタシから離れていかないように、アタシの愛撫《あいぶ》を覚えてちょうだい」

だからハルは丹念な愛撫《あいぶ》を施《ほどこ》すのだろうか。

そんなことをしなくとも、紗雪がハルのもとを去るなんてありえない。

それほど紗雪はハルに心を奪われている。

たとえ、この先何かがあって別れることになったとしても、彼女の心はハルのもとに残るだろう。

——自分から離れても存在し続ける情愛。

それを信じられるほど気持ちが溢《あふ》れている。

突然、彼の手が下着に触れた。下着越しに秘処をゆっくりと撫《な》でられる。

「あらあら、もうぐちゅぐちゅじゃない」

ハルが言う通り、紗雪の秘処はすでに濡れそぼっていた。

彼の指が下着の端にかかり、ゆっくりと脱がされていく。そしてハルが身体を起こした。紗雪の頬を優しく撫《な》でる。ついで紗雪の首の下に腕を通し耳をさすった。

「気持ちいい？」

「……ん、うん」

紗雪はぼんやりと頷く。

ハルが自分をじっと見つめている。その視線を感じるだけで疼《うず》く。

お腹あたりを彼はさすり、やがてその手を秘処へ向かわせた。そして恥丘をふにふにと揉《も》む。

紗雪は恥ずかしさの中になぜか安心感を覚えた。

身体を横に向け、彼と身体を密着させる。肌と肌が重なり合うと気持ちがいい。

彼の指が秘処の中へ挿《はい》ってきて、ぬぽぬぽとゆっくり出し入れを繰り返した。

「あぁ、んっ」

「ユキちゃん普段は可愛いのに、零《こぼ》れる声は甘くて色気いっぱいね」

そんなことを言われても、紗雪自身にはそれが真実かどうかわからない。第一、色気があると言われるのは初めてだ。

ついに蜜で濡れた指が、紗雪の花心に触れた。

「ひぁあ、あぁあ」

「ここが弱いのね。こんな甘い声を上げてくれると、もっと弄《いじ》りたくなるわ」

「ん、やぁっ、そんな、しないでっ」

紗雪はハルに縋《すが》りつきながらぶるぶると頭を横に振った。けれど、ハルは笑みを絶やさないまま花心を弄《もてあそ》ぶ。指の腹でくりくりと捏《こ》ね、指先で摘《つ》まみ、さまざまな刺激をくれた。

紗雪の口はそのたびに、あられもない声を漏らす。

強い力で花心を摘《つ》まれた瞬間、身体がびくびくと痙攣《けいれん》した。一際高い声が上がる。

「あぁあっ、あ、あ、んぁあ、あぁあっ、ゆびっ、とめて、あぁあ」

紗雪は絶頂を迎えたというのに、彼の指の動きは止まらず、より激しく花心を愛撫《あいぶ》する。

彼女は目尻に涙を溜めて、口の端から唾液を零《こぼ》した。

敏感な身体は、ちょっとした刺激にも反応する。

それに気をよくしたのか、ハルは強い刺激をもたらし続けた。

二度目の絶頂はすぐにやってくる。紗雪は先ほどより激しく身体を震わせた。

息を短く吐き出す。

すぎた快楽は心臓に悪いのだと初めて知った。身体中に血液が回っているのがわかる。心臓の音が耳に響いてうるさいくらいだ。

紗雪の目の前で、ハルが蜜で濡れた指をぺろりと舐めた。

「蜜ってこんなに甘いのね。知らなかったわ。派手にイッたし、今日はこの辺でやめておく？」

「え？」

「アタシ的にはこのまま続けたいんだけど、それじゃあユキちゃんが疲れちゃうじゃない。もちろんユキちゃんの中に挿《はい》りたいとは思ってるけど、アタシちょーっと調子にのりすぎちゃったみたいだし」

「や、やだっ」

ハルが紗雪の身体を思って言っていることは理解できた。けれど、それでは身体に巡る切なさを発散させることができない。それに、ハルはスラックスの上からでもわかるほどに膨れている。

我慢してくれているのだろうが、そんな我慢はしてほしくない。

「切ないの。ハルさんの、ちょうだい」

「ほんっと、アタシ中毒にしてやりたい！」

紗雪の切実な叫びにハルが口を覆《おお》いながら呟《つぶや》いた。彼は紗雪から身体を離し、彼女を仰向けにする。そしてぺろりと紗雪の唇を舐め、ベッドから下りる。

ベルトをガチャガチャと外し、スラックスと下着を脱ぎ捨てた彼は、未開封の箱を袋から取り出した。

見覚えのあるコンビニのビニール袋から出てきたのは避妊具。

紗雪は帰る前にコンビニに寄ったことを思いだす。あの時買っていたのかと考えていると、袋を破く音が聞こえた。

ベッドに戻ってきたハルが、紗雪の足に触れる。膝裏に彼の両手が添えられ、そのまま持ち上げられた。

恥ずかしい格好だと感じる一方で、はやく欲しいという気持ちが抑えられない。

彼の肉棒が紗雪の秘処に擦《こす》りつけられた。

ぬるぬると蜜をまぶすように彼は腰を動かす。

まだ挿入されていないのに、紗雪は期待で息を吐き出した。

すぐにぬぷっと、亀頭部分が膣内へ挿《はい》ってくる。それは浅い場所でぬぽぬぽと抽挿を繰り返し、少しずつ馴らすように熱を紗雪に移していった。

奥へ進まれるごとにお腹が圧迫されて苦しくなる。けれど同時に、ハルのものが紗雪の内側にいるという実感が増した。

「は、キッツイわね」

「んぁ……」

「苦しい？　ごめんね。もう少し頑張って」

行動とは逆の優しい声に、紗雪は詰めていた息をどうにか吐いていく。ガチガチに硬くなっていた身体も少しずつ力が抜けていった。

奥まで挿入された彼の肉茎がぴったりと膣内にはまる。

「ふふ、奥まで来ちゃったわね」

「は、るさん」

「ユキちゃん。動いていい？」

紗雪は頷いてみせた。

彼の背に両腕を回し、腰に両足を絡める。すると、ぐちゅぐちゅと膣壁を擦《こす》られ膣奥を穿《うが》たれた。

唇が嬌声《きょうせい》で震える。

そんな彼女の顔を見たハルが、愉悦の笑みを浮かべた。

快楽が紗雪の全身を侵していく。

ふいに彼の手が紗雪の手を掴んだ。そのまま指を絡め合う。

ハルの顔が近づき、紗雪は迎え入れるように唇を薄く開いた。口付けが落ちてくるのを待つ。

すき間から入ってきたハルの肉厚な舌が紗雪の舌に触れる。彼はぬるぬると舌を擦《こす》りつけながら、粘着質な音を立てて律動した。

身体も心も神経も、全てハルに蕩《とろ》けていく。

理性など欠片《かけら》もなく、彼を求める欲だけが紗雪を支配していった。

太い先端で膣奥をぐりぐりと穿《うが》たれ、大きな快感が迫《せ》り上《あ》がってくる。

「あ、あ、んぁあ、あ、あっ、はるさんっ、くる、イッちゃう……っ！」

「いいよ。アタシのでイッて。ユキちゃん、紗雪、目を開けて。アタシを見て」

ハルの言葉で紗雪は無意識に瞼《まぶた》を強く瞑《つむ》っていたことに気がつく。ゆるゆると開くと、彼の切なげな顔が目に入った。熱い息が降りかかる。

「今抱いてる男の姿をちゃんと見て、覚えておいて。これから先、何度もアナタの心と身体を愛する男よ」

「ん、んっ、はるさん。はるさんっ、もっと満たして」

身体はとどまることを知らず、絶頂に向かって押し上がる。

紗雪はやってきた大きな波に抗《あらが》わず、全身を委《ゆだ》ねた。足先からなにかが突き抜けていく。

彼女は背中を弓なりに反《そ》らして達し、一際高い声を上げた。

「ひあぁあ、あ、あんあぁあ」

「紗雪っ、もうっ」

かすれた低い声で紗雪の名前を呼び、ハルの肉棒が大きく膨れて爆《は》ぜた。避妊具越しに白濁がびゅるびゅると吐き出されたのがわかる。

しばらく抱きしめ合いながら、二人はお互いの熱を感じ合った。

しばらくして、彼が呟《つぶや》く。

「名残《なごり》惜しいけど、もう抜かなきゃね」

「あっ」

肉茎がずるりと紗雪の膣内から出ていった。思わず小さく声を上げてしまうと、ハルが困ったように眉間に皺《しわ》を寄せる。

「本当はもう一回いきたい。いきたいけど、ユキちゃん眠そうよ。そうよね。こんな激しい運動、久しぶりだものね」

「……うん」

「ほらぁ、もう目がとろんとしてるわ」

「うん」

「ユキちゃん。おやすみなさい。愛させてくれてありがとう」

かすかに聞こえてきたハルの言葉に、紗雪は笑みを浮かべた。口には出せなかったけれど、こちらこそありがとうと思う。

紗雪はそのまま意識を沈めていった。

第五章　ブバルディア　～夢～

――夢を見た。

自分という人間の殻《から》から脱皮し、羽ばたいて空に飛んでいく夢。

暗闇から光の差すほうへ向かっていく。少し怖くて、けれどとても心地がいい夢。

もっと見ていたいような気がしたが、背中に感じる温《ぬく》もりにむず痒《がゆ》さを感じて、紗雪の意識は浮上していった。

うっすらと目を開くと、質のいいシーツが目に入る。

紗雪は瞬時に自分の部屋ではないことを理解し、昨夜のことを思いだした。

勢いのまま告白をして、彼が受け入れてくれたのだ。そしてそのまま身体を重ねた。

彼と朝を迎え、身体の中が満ち足りている。

幸福感にひたっていると、背中に彼の唇が何度も吸いついてきた。紗雪はハルのほうへ身体を向ける。彼は目を細め、柔らかい笑みを浮かべていた。

「ユキちゃん起きたの？」

「うん。なんか幸せだなぁって思って」

「アタシもよ。ユキちゃんの背中に口付けしながら、この時間が永遠に続けばいいって願ってた。

けど、早く起きてキスがしたかったわ」

「朝は口の中が菌でいっぱいって、テレビで言ってた」

「知ってるけど、ユキちゃんの唇は蜜で溢《あふ》れてるからすぐに引き寄せられちゃうの」

柔らかい唇が落ちてくる。

二人は息だけで笑い、鼻を擦《こす》りつけ合った。

「シャワー浴びたい」

「一緒に浴びる？」

「いかにもな台詞《せりふ》」

「だって、どうせなら一緒に入ったほうが効率いいじゃない？」

「本音？」

「ホントは、ユキちゃんの裸を明るい光の下で思いっきり堪能《たんのう》したい」

「素直！」

紗雪は声を上げて笑う。するとハルの手が腰へ伸びてきた。軽くくすぐられ、紗雪はきゃっきゃっと十代のような反応をしてしまう。今度はハルをくすぐり返した。

ベッドの上でひとしきり笑い、床に落ちている服を探す。ぱっと着られそうなものは、彼のシャツしかなく、彼女はそれを羽織《はお》って、立ち上がった。

ハルはそんな紗雪の姿をベッドの上に寝転がりながら眺《なが》めている。

「情事のあとの女の子って、どうしてこんなにも艶《あで》やかなのかしら」

「私に色気があるとは思えないんだけど……。どちらかと言うと、ムードを壊しちゃうタイプだし」

「あら、それでいいのよ。アタシがどう感じるかが重要だし、他の男がユキちゃんの色気に気がついちゃうほうが問題よ。いつまでもアタシにだけ振りまいていて」

「ハルさんって、本当……呆れちゃう」

「嬉しそうに言っちゃって。呆れてるようには思えないわよ」

紗雪は笑いながら、洗面所へ向かった。

あのまま会話を続けていると、ベッドの中に引きずり込まれ、紗雪もそれを許してしまいそうだった。

今日はお互い特に用事はなく一日一緒に過ごせるのだ。ベッドの上で一日過ごすというのも悪くはないが、体力と筋肉がついていかなそうだ。

できれば別の過ごし方をして一日を楽しみたい。

シャツを脱いだ紗雪は、鏡で自分の全身を見る。

胸元や背中に口付けの痕《あと》が残っていた。シャワーを浴びながらも、赤く色付いた痕《あと》からハルの主張を感じる。

重いと感じる人もいるだろうが、紗雪はこの独占欲が嬉しい。

そして、シャワーから出て、あることに気づいた。

「あ、下着……ない……」

昨日脱いだものをどうしたのかさえも覚えていない。起きたら裸で、ぱっと見た時に周辺にはなかったような気がする。

どうしたものかと腕を組んで悩んでいると、扉越しにハルの声が聞こえた。

「ユキちゃん？」

「はーい？」

「昨日の夜、下着だけ洗っといたの。乾燥機の中に入りっぱなしだと思うから、出してちょうだい。あと少しでご飯できるから、早く出てくるのよぉ」

なんて気がきくのだろうか。昨夜、自分が気を失うように眠ってしまったあと、ハルは洗濯までしてくれていたのだ。至れり尽くせりである。

髪の毛をタオルで拭《ふ》きつつリビングへ行くと、テーブルの上に食パンとジャム、ヨーグルトが置いてあった。

キッチンにいたハルがくるっと振り返り、嬉しそうに聞く。

「スクランブルエッグと目玉焼き、どっちがいい？」

「あ、えーっと、ハルさんと一緒で」

「なら、一気に目玉焼き二個作っちゃいましょ。あ、ソーセージ焼けてるから持ってってちょうだいね」

「はい。お任せあれ」

紗雪は言われるがままに行動する。

目玉焼きを作っているハルの指示で、ポットにお湯を沸かしたりお皿を出したりした。そんなふうにご飯の準備を終え、二人で手を合わせてから食べ始める。

「ハルさん、今何時？」

「今？　今は、朝の十時近くってところ」

「もうそんな時間なんだ」

「アタシ的にはまだそんな時間って感じよ」

「私は始発で仕事行ってたから、十時近くなんて仕事の真っ最中だった。なんとなく時間の感覚が人とずれてたんだよね。まぁ、仕方ないんだけど」

他愛ない話をし、食事のあとは一緒に洗い物をする。

途中、紗雪に洗い物を任せて、ハルがシャワーを浴びにいった。すぐに出てきてドライヤーで乾かしながら、彼はテレビをつける。

この時間帯、そんなに面白い番組はやっていないので、紗雪は大抵、録画していたドラマか借りてきた映画を見ることにしていた。

ハルが見ているニュース番組を横目で見つつ、紗雪は洗い物を終わらせた。ハルはテレビの音をＢＧＭにスキンケアを済ませている。

自分よりはるかに女子力が高い。

「――ねぇ、ハルさん聞いて」

「ん？　どうしたの？」

スキンケアを終えたハルの隣に、紗雪はぴったりくっつくようにして座る。

「今日夢を見たの」

「どんな夢？」

「脱皮する夢。殻《から》を破った私が羽を羽ばたかせて飛ぶの」

「あら、吉夢《きちむ》かしら？　ヘビみたいに皮膚が剥《む》ける夢って、新しい自分になりたいっていう願望の表れらしいわよ。それが成功してるなら、アナタの運勢が新しく変わろうとしてるって暗示……って聞いたことがあるんだけど、どうだったかしら」

「ハルさん夢占いも詳しいの？」

「一時期ハマったのよぉ。昔、自分を殺す夢を見たから」

「物騒だね」

「でっしょー？　びっくりして飛び起きたわよ。なんで自分を殺す夢なんて見なきゃいけないのよって、ネットで調べたの。そしたら、あるサイトに自分を殺す夢はいい夢だって書いてあったわ」

「へぇ、そうなんだ」

「新しい自分に生まれ変わるシグナルらしいのよ。それを知って、目の前が開けた気がしたの。そこから、その夢に後押しされて、いろんなことをふっきったわ」

いろんなこととは、一体なんだろうか。

聞けばいいのだが、なんとなく彼から話してくれたら嬉しいなという気持ちになる。

結局、紗雪は言葉にしなかった。

ハルが紗雪の肩を抱き寄せ、すりすりと頬を擦《こす》りつける。紗雪はされるがままになりながら、同じようにすりっと彼に身体を寄せた。

その後、二人でレンタルの映画を見て、軽い話をする。穏やかで温かい時間を過ごした。


紗雪がハルと付き合うようになってから二週間ほど経った。

ハルは今、常連のお客について他県に行っている。普通の会社でいう出張みたいなものだ。

時間をみつけて時々帰ってきてくれてはいたが、紗雪の時間と合わず、あまり会えていない。

そもそも家が同じマンションとはいえ、今まで会う頻度が高すぎたのだ。ハルが心配性だということもあるが、紗雪も彼に甘えすぎていた。

彼の仕事に支障が出ていたのではないかと反省する。

紗雪は早く自立しなければという気持ちを、日に日に強くしていった。

しばらくゆっくりしたいといっても、会社を辞めてもう一ヶ月だ。心に余裕が生まれ、気持ちが落ち着きもする。そして、だんだんと焦ってもいた。

友人の仕事の愚痴を聞いたり、ネイルのデザインを真剣に考えているハルの横顔を見たりすると、自分になにもないのが怖くなってくる。

けれど、なかなかやりたいことが見つからない。

焦っては駄目だとわかっていても、心が苦しくなった。

職業訓練校というのも考えてみたが、結局のところ、やりたいことを決めなければ意味がない。コースや料金など、調べないといけないこともたくさんある。

いっそのこと、コンビニかファミレスでバイトでも始めようかとも考えた。

けれど、それは時間の浪費になる気がするし、生活に困っているわけではないのだからと、自分に言い聞かせている。

紗雪はため息をつきながらベッドにごろりと寝転がり、スマホを開いた。

ハルがどんなネイルショップで働いているのか気になって、検索をかけてみる。すると、何件もの記事がヒットした。煽《あお》り文句には〝今をときめくトップネイリスト〟や〝芸能人も通う秘密のネイリスト！〟などの文字が溢《あふ》れている。

「これハルさんのこと!?」

紗雪は思わず起き上がり、ベッドの上に正座した状態で記事をタップした。

そこには、有名人と一緒に写るハルの写真が掲載されている。

紗雪はパソコンを起動して、改めて検索をし直す。

ハルについて書かれた記事は何件もあり、彼女はそれらを全て読みあさっていった。

その中には芸能人のブログもある。仲よさそうな写真がいくつもアップされていた。

『私の大好きなネイリストのハルちゃん。私の我儘《わがまま》な欲望を叶えてくれる唯一の人』

そう書かれたブログの文字にため息をつく。

もちろんそれが彼の仕事だとわかっているが、美人と腕を絡め合う姿と彼女の意味深な言葉に、胸がざわつく。

「そもそも、ハルさんってトップネイリストなの？」

それすらも知らなかった。

紗雪は勝手にハルを新人のネイリストだと思い込んでいたのだ。

練習させてと言われたせいでもあるし、自分と過ごす時間がそこそこある人だったこともある。

けれど逆に、有名なネイリストだから、そういった時間を作れたのだとわかった。

本当に新人であれば、一日お店に詰めて、指名なしのお客さんを相手にするはずだ。それをほとんどしなくてもいいということは、指名客だけでノルマが達成できるほど人気があるということだ。

常連客に芸能人がいるのであれば、不規則な勤務時間も頷ける。

もしかしたら紗雪が想像している以上に、ハルは高級なお店で働いているのかもしれない。そうでもなければ、あの部屋に一人で住むのは難しいことだ。

「そんなことにも気がつかなかったんだ、私……」

自分はハルのことを全然知らない。

彼が隠していたわけではなく、紗雪が詳しく聞かなかったせいだ。

ぼんやりと、自分にネイルをしてくれている時の彼の顔を思いだす。

真剣で、楽しそうで、出来上がったネイルを喜ぶ紗雪を見て、嬉しそうに笑う姿。

仕事が好きなのが紗雪にも理解できた。

部屋の中もネイルの本や道具でいっぱいだ。デザインのラフを描いたスケッチブックを見せてもらったこともある。

彼は常にセンスを養《やしな》っていると言っていた。仕事に誇りを持っているのだ。

自分も同じように今度は誇りを持って仕事がしたい。

生きるための惰性で続ける仕事ではなく。

ちょうどその時、彼からメッセージが届く。今日一緒に夕飯をとろうと誘われた。

紗雪はすぐに了承の返事を送る。

二人で食事をする時は、ハルの部屋に行くことが多い。ハルが作るからというのもあるが、外で食べるより家でのほうがゆっくりできると、彼が好むのだ。

紗雪は、ハルが帰ったタイミングで彼の部屋へ向かう。

そしてふと、彼に仕事のことを相談してみようかと考えた。

「ハールさん！　お疲れさまー」

「ユキちゃん、今日も元気ねぇ」

「へへ、だって今日は外に出てない……」

「あら、そうなの？　今日はハロワに行かなかったのね」

「昨日行ったからね」

紗雪は部屋の中に招き入れてもらい、ハルから貰ったフリフリのエプロンを着ける。

正直似合っている気はしないのだが、ハルが両手を握りしめながら嬉しそうに「かわいぃい！」と言ってくれたので、よしとした。

彼に指示された通り、野菜を切る。今日は鍋のようだ。

この冬はこれが最後の鍋になるかもしれない。締め鍋だ。

突然思い立ち、真剣に鍋の味を調《ととの》えているハルに、紗雪は後ろから抱きついた。

「どうしたの？」

「んー、ハルさんの匂い」

ぐりぐりと背中に顔を押しつけて、彼の香りを吸い込む。ハルの匂いでいっぱいになり、幸せな気分になった。

彼の匂いが好きだ。もはや遺伝子レベルで彼のことが好きなのではないかと、紗雪は思い始めている。

ハルは優しく笑った。

「もうちょっとで出来るから待ってなさいね」

「うん。ねぇ、ハルさんこっち向いて」

ハルが不思議そうにこちらに振り向く。紗雪は背伸びをして彼の頬に自分の唇を触れさせた。

ハルとスキンシップができたことに満足し、エプロンを外しながらテーブルのセッティングに向かう。気分上々な彼女とは逆に、なぜかハルはフリーズしていた。

「ハルさん？」

「はっ！　やだ、嬉しすぎて脳みそが溶けてた！　いやーん、今のやつ動画撮りたい！　永久保存したい！　カメラ設置しとくべきだったと無性に後悔しているわ！」

「やだよ。そんなの永久保存なんて、恥ずかしぃ！」

「なに言ってるの、こういう思い出は大事よぉ。アタシはユキちゃんとの思い出いーっぱい作っていきたいんだから」

写真を撮られるのは苦手だ。

けれど、こんなふうに彼に言ってもらえるなら写真も悪くないと思える。

ハルとの思い出は紗雪もたくさん作っていきたい。そしてその思い出をなにかしら形にしていきたい。

紗雪は初めて、人が写真を撮る理由に納得した。

もっとも自分がハルにキスをしている動画はいらないが。

唇を尖らせている彼を横目に、小皿を出した。カセットコンロも取ってくる。

一人暮らしでカセットコンロなんて、そうそう使わない。これがあるということは、ハルは友達に料理を振る舞うのが好きなのかもしれない。少なくとも、この数年一人でひっそりと過ごしてきた紗雪には不要なものだった。

そして、彼と一緒に食卓を囲む。それは、紗雪にとって大切な時間。

二人で鍋を食べ終え、シャワーを浴びてからソファーに座った。

紗雪はハルの肩に頭を載せる。すぐに彼の手が紗雪の腰に回った。

部屋の中は暖房で温まっているけれど、人の体温はまた別だ。ハルにくっついていると心も温かくなる。

紗雪は甘えるように彼の肩に頬をすりすりと擦《こす》りつけた。

「……ユキちゃん、アタシ我慢できるかしら」

「なにを？」

「だって、ユキちゃんにすりすりされると、すぐに勃《た》っちゃうわ……」

「ハルさんって結構直接的だよね。なんていうか、率直」

「だってぇ、ユキちゃんを襲うの、ずっと我慢してたのよ？　今は触り放題エッチし放題じゃない。これまでの分も取り返すために満足するまでやりたいわ。あ、もちろん身体目当てとかじゃないわよ。ユキちゃんだからこうなっちゃうの！　それだけはわかって！」

「そんな必死にならなくても……」

別にそれが嫌だとは思わない。

もちろん、これがハルの台詞《せりふ》でなかったら気持ちが悪かっただろう。けれど、不思議とハルが言うと嫌な気持ちはしないし、可愛いとすら思えてしまう。

「……私、こんなになんでも恋人を許す人だったかなぁ」

「あらやだ、他の男と比べたりしないでちょうだい」

「ごめん。比べたってわけじゃないんだけど、なんていうか、ハルさん相手だとずっと一緒にいて、言う通りにしていたくなっちゃうの。大問題だわ」

「たしかに問題ね。嫌なことは嫌って言わないとストレス溜まっちゃうわよ。もしアタシがなにか嫌なことをしたら遠慮なく言ってね。直すから」

「ハルさんはホント恋人には甘いね」

「当たり前よー。世界で一番大事な子なのよ。世界で一番大切にしなくてどうするの」

彼はこれを本気で言っているのだ。だから、絆《ほだ》され寄りかかってしまう。

今日は一日のんびりと過ごしたいと思っていたけれど、もうできやしない。

紗雪はソファーから立ち上がり、ハルの膝に向き合うようにして座った。

「え、ユキちゃん？」

彼は驚いた顔をするが、紗雪はにっこりと笑ってみせる。そして、挑発するように舌を出し上下に動かした。すると、一瞬にしてハルの雰囲気が変わる。

全身に熱が灯った。

彼が顔を近づけてきたので、紗雪はぺろりと鼻を舐める。彼は目に熱を宿らせながらも、くすぐったそうにした。

「ふふ、いたずらっ子ね」

「好き、でしょ？」

「すっごい好き」

紗雪は舌先でハルの舌を堪能《たんのう》した。彼の舌をちゅうっと唇で吸い上げる。

ハルがわずかに眉間に皺《しわ》を寄せるだけで、紗雪は嬉しくなる。好意を受け取ってもらえたことで、喜悦が浮かんだ。

彼の頬から首筋へと舌を這《は》わせていき、ぺろぺろと舐め、ところどころを強く吸う。

「くすぐったいわ」

顔を起こして確認したが、ハルの肌はいつも通りの美しいままだった。

「うまくつけられない……なぜ？」

「痕《あと》をつけたいの？　なら、もっと強く吸っていいわ。ちゃーんと、アタシにつけてちょうだい。ユキちゃんのものだっていう証《あかし》」

「そんなこと言って、病《や》んでる人みたい」

「ユキちゃん相手になら病《や》めるかも」

紗雪は小さく笑い、先ほどよりも強くハルの首を吸い上げた。赤い痕《あと》がつく。それを見て嬉しくなり、一つ頷く。

服を引っぱり剥《む》き出しになった肩にも舌を這《は》わせ、軽く噛んでみた。

「硬い」

「当たり前でしょ。アタシ結構筋肉あるもの。にしても、噛むなんてユキちゃんも独占欲が強いんだから」

「当然。ハルさんを誰かにとられたら嫌だもの。痕《あと》をつけるような恋人がいるんだーって思わせるのが私の計画なのです」

「可愛いわ。本当うちの子、可愛すぎてそれだけでイケるわ。どっちの意味でも」

「……下ネタ」

「軽く流してちょうだい」

ハルとの行為はいつも楽しい。

それがとても不思議だ。なにせ、いつまでたっても愛撫《あいぶ》に飽きることがない。

ハルの軽口で気持ちが萎《な》えることはなく、紗雪は次の行動に移った。ぷち、ぷちっとハルが着ているパジャマのボタンを外していく。

晒《さら》された彼の裸体はとても綺麗だ。普段から手入れをしている肌はすべすべだし、鍛えられた身体もたまらない。

「ハルさんの綺麗な顔に、こんな筋肉がついてるなんて……それだけで滾《たぎ》ります」

「なんで敬語になるのよ」

「気分」

軽く会話を交わしながら、紗雪はハルの鎖骨をなぞるように舐める。パジャマの中に腕を入れて素肌の背中に触れた。

じっとりとした肌に手のひらを密着させ、胸に頬をつける。彼の身体から速い鼓動が聞こえた。このままこうしていたいと思うものの、身体にあたる彼のものが可哀想になる。

紗雪は彼の胸を舐めてみた。舌でちろちろと刺激して嬲《なぶ》る。

彼の胸の頂《いただき》に口付けすると、ハルが低い呻《うめ》きと荒い息を漏らした。どうやら感じてくれているらしい。

調子にのった紗雪は、何度も優しく吸ってみたり唇で挟んでいないほうを指で弄《いじ》ったりする。

「ゆ、きちゃん！　ストップ、それヤバイわ！　ちょっと本気でヤバイからやめましょ！」

突然ぐいっと肩を押され、紗雪の唇はハルの身体から離れてしまった。まだ舐め足りない彼女は、むっとして唇を尖らせる。

「気持ちよくなかった？」

「気持ちよかったけど、なんだかこれで達したら負けな気がするのよ。いちおう男だし、なんていうかなんていうか！　なんていうかなのよ！」

「……むぅ、わかった。じゃあ、これはまた後日にする」

「え、やだっ！　そんなことしなくてもいいの！」

ハルがバッと自分の胸を両腕で隠す。その慌てぶりに冗談のつもりだった紗雪は、本当にやってもいいかもしれないと思い始めた。

でも言葉に出すと逃げられる気がするので、口を閉ざす。

「つまんないの」

「つまんなくていいわよ」

紗雪は彼の上から下りて膝立ちになり、今度は臍《へそ》あたりを舐め始めた。

「も、ユキちゃん、どうしたの？　今日は本当に積極的じゃない。主導権握られっぱなしなんだけど！」

「そういう日もあっていいでしょう。私だってハルさんを気持ちよくしてあげたい」

「嬉しいわ。死ぬほど嬉しいんだけど、基本奉仕する側の男としては、逆の立場になるとドギマギしちゃう」

恥ずかしそうにするハルを見て、紗雪は可愛いなと思った。

彼は可愛いし、綺麗だし、そしてかっこいいのだ。

そして、紗雪を翻弄《ほんろう》する唯一の人。

紗雪は、パジャマの上からでもわかるほどに盛り上がっている彼のそれに触れる。すると、ハルの身体がびくりと動いた。

緊張はしていても、嫌がってはいないのがわかる。

紗雪はさすさすと布越しに彼のものを軽く扱《しご》いた。さらに肉棒が太くなっていく。

予想以上に大きく太くなったその肉茎に思わず紗雪の喉《のど》が鳴る。いつもコレが自分を気持ちよくしているのだ。

下着をずらすと、目の前にぶるりと熱く屹立《きつりつ》したものが現れた。

「うわぁ……」

「うわなんて言わないでちょうだい。萎《な》えちゃうわ」

「でも、なんか凄《すご》くて……こんな間近で見たことなかったし、その、ちゃんと私の愛撫《あいぶ》でこんなに大きくなってくれてるんだと思うと、いろんな感情が入り交じる……」

「嫌じゃない？」

「全然。むしろ――」

好き、という言葉は呑み込んだ。

すでに先走りでぬるぬるの先端を、紗雪は指の腹でぐりぐりと押す。

「ん、はぁ……は」

彼の乱れた声がたまらない。

もっと聞きたい、もっと聞かせてほしい。

自分だけに――

竿を手のひらで撫《な》でながら亀頭部分を咥《くわ》え、歯でカリを挟んだ。

その刺激がいいのか、ハルの眉間に深い皺《しわ》が寄る。どちらのものかわからない汗が、ぽたりとソファーに落ちた。

裏筋を何度も舐めると、熱棒が震え、より膨れ上がる。

ハルが制止の声を上げた。

「む、りっ、出ちゃうから！　待ってちょうだい」

「いいのに、出して」

「嫌よ！　出すならユキちゃんのなかで出したい」

そう真剣な顔で言うので、紗雪は肉棒から手を離し洗面所で手と口を洗った。自分はこのままでも気にならないが、彼が嫌がるかもしれないと思ったのだ。

自分のものを舐めた口にキスしたくはないだろう。

戻ると、ソファーの上で避妊具を装着しているハルの姿があった。紗雪を見ると手招きする。

「ユキちゃん、上乗って」

「どうすればいいの？」

後ろ向きで座ればいいのか、ハルのほうに向けばいいのかいまいちわからなかったが、彼の手が誘導してくれた。

ハルは紗雪を自分と向き合うように膝の上に乗せる。彼の指がスカートの中へ入り、下着ごしに触れてきた。

「んんっ」

「あら、アタシはまだなーんにも愛撫《あいぶ》してないのに、こんなに濡れちゃってるの。これならもう挿《い》れちゃっても平気かしら？」

「いいよ。ハルさんの欲しい」

「ほんっと小悪魔ね。挿《い》れる前に出しちゃいそうよ。気合で出さないけど」

「気合でどうにかなるものなの？」

「あんまりならないから、早く一つになりたい」

「素直なハルさんって可愛くて好きだよ」

紗雪は下着を脱ぎ、上に着ていた服も脱いだ。

さすがに汗で濡れた服が気持ち悪くなってきている。ばさりと服を床に落とし、ブラを外した。

「目の前で彼女が服を脱ぐのって、たまらないわねぇ。あ、スカートはそのままがいいわ」

「それ、拘《こだわ》り？」

「そう。せっかくだから、着衣ハメしましょ」

「ちゃくいはめ……」

「今日は服を着たままで、ね。アタシも全部は脱いでないんだし」

紗雪は言われた通り、スカートを穿《は》いたまま彼の上に跨《また》がった。

肉茎に手を添えて、ゆっくりと自分の膣内へ導く。彼を愛撫《あいぶ》しているうちに身体に熱が灯り、そこは蜜でしとどに濡れている。

自分がそんな状態であることに紗雪は恐怖を覚えた。

自分で気持ちよくなろうとすると、どこかでストップがかかる。

なかなか全部を挿《い》れようとしないことに焦《じ》れたのか、彼の手が紗雪の腰を掴み、ずぷずぷとそれを挿入させていった。

「ひぅっ、あんっ」

頭の中がチカチカと眩《まぶ》しい。

「今日は全然もたないかもしれないわ」

「私も、すぐ、イッちゃぁあ――――ひぃっ。あ、あ、んぁあっ。はるっさ、んぁああ、あ」

ハルが容赦なく腰を突き上げてくる。紗雪は口の端から唾液を零《こぼ》しつつ喘《あえ》ぎ声を上げた。

突き上げられるたびに当たる部分が変わる。気持ちがよすぎて、腰を振るのがやめられない。

「着衣でハメると服が乱れるじゃない？　視覚的に余計に興奮するのよね」

「ん、ん、あぁあ、あんっ、こしっ、とまんないっ」

「いいわよ。もっと、腰振って気持ちよくなりなさい。ほら、胸も舐めてあげるっ」

紗雪は背中をのけぞらせ、ハルに胸を押しつけるような格好になっていた。彼は紗雪の尖った胸の頂《いただき》を口に含み舐めしゃぶる。

「ひあ、あぁっ」

「ふふ、こっちも弄《いじ》ってあげるわ」

「いやぁ、あ、あああぁあっ――」

ハルの指先が花心を探りあてた瞬間、紗雪は絶頂を迎える。天井を見つめ腕をだらりとたらして、短い息を吐き出した。

身体はハルの手で支えられている。彼のほうが絶頂に近かったはずだというのに、なぜか自分のほうが先に達してしまった。

紗雪が落ち着く前に、ハルの腰がゆるゆると動き出す。

彼女は焦って声を上げた。

「だめ、ぜったい、だめっ、やぁっ」

「駄目じゃないわ。もっと気持ちよくなりましょ。大丈夫よ、大丈夫」

「大丈夫じゃない、ぜったい、これ、だめっ」

「平気よ。自分じゃ絶対にいきつけないところまでイッちゃいましょ」

ハルは舌舐めずりをしながら膣壁を擦《こす》り上げ、膣奥を圧迫していく。

ぐちゅんと粘着質な音が部屋に響いた。

これ以上は駄目だと理性が訴えている。それなのにハルが止まってくれない。

達した直後の身体は、ちょっとした刺激にも反応し、腰を突き上げられるだけで、紗雪は何度も達してしまった。

「あぁ、あ、あ、あんぁあ、あんっ」

「は、はぁっ、ん、ユキちゃんがイクたんびに締めつけられて出ちゃいそうよ」

「も、やっ、ハルさんもイッて、お願いっ、イッてよぉ」

「あぁ、たまんない。もう一回ユキちゃんが大きくイッたらアタシもイッてあげるわ」

ハルがさらに強く腰を抱く。紗雪の足を一層広げ、いきり立つ熱棒で膣内を攻めた。

ぱちゅんぱちゅんと肉がぶつかる音がする。

紗雪は指を絡ませるようにハルの両手を握りしめ、与えられる快楽に身を委《ゆだ》ねた。

ハルの太い肉棒が膣奥を穿《うが》つ。瞬間、足先から快感が駆け上がっていき、脳髄を突き抜けた。

「ひぃああ、あ、あ、あぁあああっ」

「はぁっ、あ、出るっ！」

膣内が蠢《うごめ》き、彼の肉棒を締めつける。ハルはいつもより低い声を上げて数度腰を振り、奥へ注ぎ込むみたいに腰を深く押しつけた。

「あ、んっ」

身体がびくびくと痙攣《けいれん》する。

気持ちのいい倦怠感《けんたいかん》に包まれた紗雪は、そのまま意識を手放した。


紗雪は目覚めると、ハルのパジャマを着た状態でベッドの上で寝ていた。

汗でべたついていたはずの身体はさらっとしている。彼が拭《ふ》いてくれたのかもしれない。

彼女は目をしょぼしょぼさせつつ、時間を確認した。

「もう朝の九時……」

そのままもう一度眠りにつきたい気分だったが、いつもならいるはずのハルが隣にいない。気配も感じないのが不思議で、彼女は起き上がった。

ペタペタと冷たいフローリングを素足で歩きリビングに向かう。彼はリビングで電話をしていた。

「――そう……。わかったわ。スケジュールが調整できるか、確認はしてみる。けど、今回だけよ？　アタシはただのネイリストなんだから」

どうやら仕事の話のようだ。

静かに去ろうとした紗雪に、ハルが気がつく。

「――ごめんなさい。連れが起きたから、もう切るわね」

電話を切ったハルがこちらにやってきた。黙って紗雪を抱きしめる。

紗雪も彼を抱き返した。

「邪魔しちゃった？」

「いいのよ。二人の時間を邪魔するようにかけてくる、あっちのほうが悪いんだから」

「もう、ハルさんってば」

鼻を擦《こす》りつけ合いながら二人して笑う。

紗雪は一度自分の部屋に帰ることにした。

ハルは午後から仕事だが、それまで一緒に過ごしたい。シャワーを浴びて着替えてから、彼の部屋へ戻った。

するとご飯が用意されている。幸せな気分だ。

「ねぇ、今度一緒にカフェ巡りでもしない？」

ハルがにこにこと笑う。

「カフェ巡り？」

「そ、アタシ、素敵なカフェに行ったり、美味《おい》しいパンケーキを食べたりするのが、ストレス発散の一つなのよぉ」

「へぇ、私も大学生の頃カフェでお茶するの好きだったなぁ。紅茶の種類に拘《こだわ》りすぎるから、お気に入りっていうカフェにはなかなか出会えなかったけど」

「わかるわぁ。アタシもぴったりっていうカフェには巡り会えてないのよね」

紗雪はハルと二人でカフェ巡りをする約束をした。

こうして新しい約束事が増えるのも楽しい。

朝食のあと、二人でソファーに座り紗雪が淹《い》れた紅茶を飲む。彼女はハルにネイリストについて聞いてみた。

「ハルさん。仕事楽しい？」

「えぇ、もちろんよ。目指していたことをやれて、人生が充実している気がするの」

「目指していたもの？」

「そ、アタシは人の役に立つ、人に喜ばれる仕事がしたいと思ってたの。それで最初は弁護士になったのよ。母の影響も強いけどね」

「お母さんって弁護士なの？」

「そうよ。負けなしで、女帝なんて言われてるわ」

ハルは楽しそうに母親のことを話す。

彼の心に触れられた気がして紗雪は嬉しくなった。

「誰かを助けたくて弁護士になったのに、一年くらいで現実と理想のギャップにやられちゃったのよ。それで辞めたの。これからどうしようか考えてた時に、妹にネイルをやってほしいって頼まれたのね」

「それって普通のネイル？」

「そうなの。あの子すっごい不器用で自分でやると汚いから、昔からアタシにやらせることが多くてねぇ。今と違って拙《つたな》い技術のシンプルなネイルを喜んでる妹の顔を見て、あぁこれだなって感じたの」

それからハルはネイルスクールに入り、ネイリストになったそうだ。

端《はた》から見れば、ネイリストなんかより弁護士のほうが稼げていい仕事に思えるに違いない。けれど、彼はネイリストを選んだ。

「今の夢は独立することね。職場は居心地がいいし大好きだけど、新しいことをやってみたいし、挑戦したい気持ちがあるの。——それにしても、突然どうしてそんなこと聞いてきたの？」

「ハルさん見てると、ネイリストもいいかなって思うの」

「……それは、仕事として？」

「え、……うん」

軽い相談のつもりが、なぜかハルは真剣な表情になっている。

「それはユキちゃんにとってやりたいこと？」

「わからない……けど。興味はあって、人を喜ばせてあげたいとも思うし」

「あのね。きっかけは興味や好奇心でもいいと思ってる。実際アタシだってそうだった。でもそれだけじゃ仕事は続かないわよ。もともとユキちゃんはネイルに興味があったわけじゃないでしょ？」

「大学生の時は、ちゃんとしてたよ」

「知識がないユキちゃんがこれからネイリストを目指すのは、本当に大変なことよ。ユキちゃんのやりたいことならいいけど、そうじゃないならやめといたほうがいいんじゃない？」

「やってみなきゃわからないことだってあるでしょ」

「もちろんそうだけど、そのやってみるには、お金も時間もかかるの。最終的に向いてませんでした、じゃ、せっかく会社を辞めた意味がなくなっちゃうわ」

ハルの言っていることは間違っていない。最初のきっかけはなんだってかまわないが、それを継続させるためには忍耐力が必要だ。

わかっている。

わかっているけど、なんとなくハルが喜んでくれるのではないかと思っていた紗雪は、もやもやとした気持ちになった。

もしかしたら同じ職場で働くことだってできるかもしれないのに。

諭《さと》されたのだと理解した頭が、ふて腐れる。その気持ちは隠せない。

「あー、もうわかりました。わかりましたよ。目指さなきゃいいんでしょ!?」

「そうじゃなくて、本気でやりたいことならいいって言ってるのよ」

「だって、ハルさんから見て、私は本気でこの仕事をやりたいようには見えないんでしょ」

「それは……。だって、ブラック会社を辞めたあと身近で見た仕事がネイルだっただけじゃない。もっと他にも考えてからでもいいじゃないの」

「何度もハロワに通ってるし、新しい仕事がないか探してるもの！　……っ、今日は帰る」

「ユキちゃん！」

「ハルさんは仕事でしょ！　お客さん待ってるんだから、さっさと行きなよ！」

紗雪は勢いよくハルの家を飛び出した。自分の部屋のベッドの上に寝転がって、両足をバタバタと苛立つままに動かす。

「むかつくむかつくむかつくっ！　なによ。いいじゃない、とりあえずやってみたって！　時間の無駄になるかどうかなんて、わからないことなんだし。そりゃ、すぐに働けるとは思ってないし、センスがあるかどうかだってわかんないけどさ。ハルさんと同じ仕事に憧れて、なにが悪いのよ！」

さんざん暴れて叫んで、疲れた紗雪は一眠りする。

目が覚めると、夕方近くだった。

「三時間も寝ちゃってる……」

心を落ち着かせるために、ハーブティーを淹《い》れる。

「子どもみたい……」

ハルとのやりとりを思い出し、紗雪は恥ずかしくなった。

彼が言っていたことは、間違っていない。

ふわふわとして現実が見えていない紗雪を心配してくれたのだ。

それでも、感情が言うことを聞いてくれず、冷静さを欠いてしまった。

誰かと喧嘩をするなんて、数年ぶりだ。

こんな激情が自分の中にあったことに驚いてもいる。

ハルが帰ってきたら謝ろう。そして、自分が本当になにがやりたいのかを改めて考えなければ。

紗雪は、このまま家にいると気が滅入ると思い、出かけることにした。

かといって、どこかに行きたいわけではない。

見たい映画はないし、服や靴も最近纏《まと》めて買ったばかりなのだ。

駅のほうに向かいながら、行きたい場所を一つずつ思い浮かべていく。

ふいに一つの光景が頭を過《よぎ》った。

——紅茶の葉専門店。

会社に勤めている時は行けず、ネットで茶葉を購入するだけで我慢していた。今なら行けるのだから、ゆっくり贅沢《ぜいたく》に茶葉を選びたい。

紗雪は普段あまり乗らない路線の電車に乗り、紅茶専門店へ向かった。

このお店に来るのはいつ以来だろう？　学生の頃は定期的に通っていた。

久しぶりの店構えに心がときめく。

カランとベルを鳴らして店内へ足を踏み入れると、シックなスーツを着た妙齢の男性が歓迎してくれた。

「いらっしゃいませ」

「こんにちは」

「お久しぶりですね」

「覚えてくれていたんですか？」

店員はにっこりと笑みを浮かべて頷く。

「最近いらっしゃらなくなったので、引っ越しでもされたのかと思っていたんですよ」

覚えていてもらえることが嬉しい。昔はよく彼に相談して茶葉を買った。

今日も彼とぽつぽつと世間話をしながら、どんな紅茶を買おうか悩む。

このお店には五百種類もの茶葉が置いてあり、客の好みに合わせてブレンドしてくれる。

「以前はよく、こちらのものをお求めいただきましたね」

「はい。カラメル風味で花の香りもよくて、大好きなんです」

「それはよかったです」

「なにか他におすすめってありますか？」

「そうですね。こちらなど、いかがですか？　癖があまりなくほんのりチョコレートの香りがするんです」

「いいですね」

「試飲しますか？」

「ぜひっ！」

彼が紅茶を淹《い》れた瞬間香りが広がる。口に含むと、チョコレートの風味が強いけれど、飲みやすかった。

でも、ハルも飲むかもしれないと考えると、もう少し爽《さわ》やかなもののほうがいい。これは自分用に買って帰ろう。

男性店員が、目尻を緩《ゆる》める。

「誰かを思い浮かべていらっしゃる顔ですね」

「え、わかりますか？」

「はい、とても穏やかな表情をなさっておいでなので」

「彼にも飲んでもらいたいなって思ったんです」

「いいですね。あぁ、そうだ。さきほどマロングラッセが入荷したのですが、一緒にどうですか？」

「はい、お願いします！」

このお店で大人気のマロングラッセは、入荷してすぐに売り切れてしまう。

紗雪は紅茶の葉とマロングラッセを購入し、お店を出た。

久しぶりの紅茶のお店は楽しかったし、お菓子も買えた。

これからハルと一緒にお茶ができればいいのに。

そんなことを考えながら、昔通っていたカフェに向かい、ケーキセットを注文した。

平日の夕方だからか、そんなに混んではおらずゆったりできる。

今日はどう考えても、紗雪が悪かった。ちゃんとハルに謝らなければ。ハルの仕事が終わる頃に連絡をしよう。そう考えていると、友人の美咲から電話が来た。

「はい」

『あ、もしもし、紗雪？　今日ってこれから暇？』

「うん。別に用事はないけど」

『なら、一緒にご飯しない？』

「いいよ」

『やった。そうしたら、今から場所をメールで送るね』

「わかった」

電話を切って一分もしないうちに、美咲からお店の名前と住所を書いたメールが届く。

今いるカフェとは数駅離れた場所ではあるが、それほど遠くはない。

紗雪はお会計を済ませて、待ち合わせ場所へ向かった。

店の前ではすでに美咲が待っている。

「美咲！」

「あ、紗雪。急に呼び出してごめんね」

「大丈夫。近くにいたから」

「そうなんだ。今日さ、本当は聡さんとご飯しようって話をしてたのに、クライアントに呼ばれたから行けなくなったーって言われて――」

美咲は、紗雪が酔っ払った日に出会って以降、水谷と順調に交際を続けているようだ。

「弁護士って大変そうだね」

「普段なら営業時間外らしいんだけど、お得意様でどうしても断れないんだってさ」

「ふうん、ところで水谷さんとはどうなってるの？」

「……どう、なんだろうね」

「私がわかるわけないでしょ」

美咲が幸せそうに笑っているので、紗雪は安心した。

そして二人はお店に入る。そこは、ワインが中心に置いてある居酒屋で、美味《おい》しいとこの界隈《かいわい》で評判らしい。

紗雪は前回の失敗を考えて、弱いお酒を一杯頼んだ。

一緒にカルパッチョとアヒージョを楽しむ。

「紗雪こそあの人とどうなの？」

美咲にハルのことを問われて、彼と喧嘩したことを話す。

「――えー、それでハルさんと喧嘩してるの？」

「うん。反省してる。どう考えても私が悪いし」

「まぁ、彼からしたらさ、紗雪が心配だったんだろうね。現場にいる分、嫌なこともわかってるし、ハルさん自身は自由がきくみたいだけど、紗雪がこれからネイリストになるなら、生活が不規則になっちゃわない？」

「そうかも」

「私も月に一回くらいネイルサロンに行くけど、どこもネイリストは朝から夜までのシフト制って感じだよ。お店にもよるとはいえ、私が行ってるところだと安いからかあんまり時間がかけられず、次々お客さんをさばいていくって感じで機械的だし」

「働ける場所によるのかぁ。ハルさんが一つ一つ丁寧にネイルを仕上げていくのが素敵だと思ったんだけど……」

「芸能人が行くとかだと、片手に一時間くらいかけるって言うよね」

「片手一時間っ！　両手で二時間だよね。美容院でカラーリングするほうが、早く終わるんじゃない？」

「カットならきっと美容院のほうが早いよね。どっちがいいとか知らないけど、それらのことも踏まえて紗雪がやりたいかどうかってところじゃない？」

冷静になればなるほど、自分が中途半端だったことがわかる。

たとえばもしハルと同じネイリストになったとして、自分は今までと同じように彼を見られるだろうか。

そんなこと、考えてすらいなかった。

彼はきっと変わらないと思う。けれど、自分のほうが変わってしまうかもしれない。

「ハルさんはトップネイリストみたいだから、同じ仕事だと嫉妬《しっと》するかも……」

「彼は凄《すご》いけど、自分なんてー、って？」

「うん。そんなつもりはなくても、なんていうのかな。社畜だった三年間で自分を否定する癖がついてるみたいで、ハルさんに自分を卑下《ひげ》するなって言われたんだ。なのに、なかなか抜けなくてさ。辞めてからまだなにもしてないからかな。だから、そんなふうになったらハルさんを喜ばせるどころか、悲しませちゃうなぁ……」

「それはあるかもね。けど新しい仕事が見つかって目標に向かって動けるようになったら、きっと自信に繋がるよ」

「やっぱりまずは、やりたいこと見つけるところからかぁ。そうすぐに見つかるわけがないってわかってはいるけど、焦っちゃうのよね」

「うん。でも私も別に今の仕事が好きなわけでもないよ」

「そうなの？」

「だって、私やりたいことを見つけるために大学行ったけど、見つかんなかった。就職してお金稼がないと生きていけなくて、なんとか会社に入って、日々その中で生きてる。好きなことを仕事にしてる人を尊敬するけど、好きじゃないことでも仕事だと割り切って最後までやりきる人も尊敬してる」

「そうね。仕事を全《まっと》うしている人たち、みんな凄《すご》いよね」

「そうよ。だから、紗雪。あなたも偉いんだよ。三年以上もあの劣悪な環境の中で仕事をやり抜いてきたんでしょ！　恐怖とかそういうのもあって続けてたのかもしれないけど、凄《すご》いよ」

「ありがとう。なんか、そういうふうに言ってもらえると救われる」

二人は食後に紅茶を頼んだ。優しい香りのそれを飲んで、気持ちを落ち着かせる。

人と会って話をすると、自分の知らないことを教えてもらえるのだなと、紗雪は感じていた。たくさんの考え方があるのだと自然にわかる。

「――ところで紗雪」

「なに？」

「今度友達の誕生日があって、プレゼントを探してるの。その子、紅茶が好きなんだけど、なにかおすすめあるかな？」

「そうだなぁ。好きな銘柄とかあるなら、そこの紅茶がいいと思う。ティーカップセットは、もう持ってる場合があるし……」

「紗雪が貰ったらなにが嬉しい？」

「私？　私だったら、やっぱり普段なら高くて手が出せないブランドの紅茶の葉が嬉しい。お菓子とかジャムとかのセットもあるから、それでもいいと思うよ」

「あー、ジャムと紅茶のセットか」

「そう。紅茶に合うジャムやお菓子はいいお値段するものが多いの。缶が可愛くてもお値段が可愛くなくて買わないなんてことがあるんだよね」

「そういう視点で見ればいいのか。じゃあ、紗雪のおすすめのお店とかメールで教えて」

「わかった。あとで送るね」

結局、終電間近まで話し込み、紗雪は美咲と別れた。

「それじゃあ、またご飯しよーね」

「うん。水谷さんにもよろしく。またね」

美咲に手を振り、紗雪は一人駅のホームに佇《たたず》む。

電車を待っている間、ハルのことが頭を過《よぎ》った。

彼は今日買ったお土産《みやげ》を一緒に楽しんでくれるだろうか。喜んでくれるだろうか。

小さい子のように癇癪《かんしゃく》を起こしてしまったので、呆れていないか心配になる。

思い浮かぶのは彼の優しい笑顔ばかり。

彼と仲直りをして二人でカフェ巡りをしたい。彼と自分が二人そろって一番のお気に入りだと感じるカフェを見つけてみたい。

——そこにはきっと、素敵な紅茶があるだろう。

「カフェ……か」

居心地のいいカフェはたくさんあるし、ケーキや料理が美味《おい》しいお店もたくさんある。けれど、自分の好みに合う店はなかなかない。

それならいっそ自分で作ってしまえばいいのではないだろうか。

自分がキッチンにいて、カウンターに座るハルに紅茶やお菓子を提供する。

ふいに紗雪は、自分のやりたいことがわかった気がした。

目の前が急に眩《まぶ》しくなる。新しいことを見つけた子どもの時みたいにキラキラと光っている。

やりたいことが見えてきた。あとはどうすればいいのかを調べて、行動に移すだけだ。

やってきた電車に紗雪は乗り込む。電車に揺られながら、今後のことを考えた。

今日はもう遅い。お風呂に入ってさっさと寝てしまおう。そして明日からどうすればいいのかを調べるのだ。

それをハルに報告しよう。

――心がわくわくしてくるような、やりたいことがわかったことを。

電車の窓ガラスに映る自分の顔は、いくぶんかマシなように思える。マンションを出た時は、本当にひどい顔をしていた。

雲がかかった日々の中で、ハルという太陽が紗雪を照らしてくれる。

頑張れる気がした。

終電で帰宅するのは一ヶ月ぶりだ。電車を降りた紗雪は、真夜中はこんなに暗かったのかと改めて思う。

こんなにも暗くて人通りもまばらなら、ハルが心配するのも理解できる。

このあたりは治安がいいけれど、静かすぎるので小さな音にも恐怖を覚えた。

他に人がいるわけでも、誰かの視線があるわけでもないのに、紗雪は駆け足になってマンションに飛び込む。

そして、部屋に入りスマホを確認した。

ハルからの連絡はない。

悪いのは紗雪なのだが、なんとなく寂しかった。

「……我《わ》が儘《まま》だなぁ」

謝罪をしなければならないのは自分なので、寂しいなんて思うこと自体が間違っている。

SNSを立ち上げてハルに連絡を入れた。

【今日はごめんね。今度でいいので大事な話がしたいです】

しばらく返信を待ってみたけれど、連絡はない。

紗雪はベランダに出て、ハルの部屋から光が漏れていないか確認してみた。けれど、いまいちよくわからない。

たかだか二部屋先なのに、とても遠く感じる。ハルは本来、忙しい人だ。恋人だからといって、束縛しては息苦しくなるだろう。

紗雪はお風呂に入り、髪の毛を乾かしてから眠りについた。


翌朝。

目を覚ましてすぐ、紗雪はスマホを手に取ってみた。やっぱり彼からの連絡はない。

昼を過ぎても夕方になっても一向に連絡は来なかった。

いつもであればとっくに連絡が来ていておかしくはないというのに、なにかあったのだろうか。

もしかして体調が悪くなって部屋で倒れているなんてことがあるかもしれない。

紗雪は慌てて部屋を飛び出し、ハルの部屋のチャイムを何度か鳴らした。

けれどいつまで待っても彼は出てこない。試しにドアノブを回してみたが、開かなかった。

どこかに出かけているんだと、一旦部屋に戻る。

これではハルのことを心配性だとか過保護だなどと言えない。

紗雪は頭を振って、ハルのことを頭から追い出した。昨日見つけた自分のやりたいことを調べ始める。

だがやはり、ハルのことで頭がいっぱいになってしまって、集中できない。

ごろんとラグの上に寝転がり、そのままそこで仮眠を取った。

気がつくと、遠い場所でうるさいほど、なにかが鳴っている。

ドンドンとなにかを叩いている音だ。

その騒々しさにぼんやりと目を覚ます。

傍《そば》に置いてあったスマホがブーブーと鳴り続け、玄関のチャイムもひっきりなしに聞こえてくる。

一体なにが起こっているのか理解ができず、紗雪はとにかく玄関へ向かった。急いで扉を開ける。

すると、スウェット姿で頭もボサボサで半泣きしているハルが立っていた。

「ユキちゃん！」

「え？　え？　ハルさん？　え？」

ハルは紗雪をこれでもかとぎゅうぎゅう抱きしめる。

「もう！　何回電話して、チャイム鳴らして、ドア叩いたと思ってるの！」

「なに？　なにが起こってるの？」

パニックになりながらも、紗雪はあたりを見回した。ハルの後ろから顔を出したのは、このマンションの管理人だ。

「——楠沢さん、大丈夫なのか？」

「管理人さん？　私は……なにごともありませんが」

「まったく、人騒がせな」

「えーっと……。申し訳ございません。なんだか、お騒がせしたみたいで」

「柏木《かしわぎ》さんがね。君が家の中にいるはずなのに電話に出ないし連絡も返ってこない、チャイムを鳴らしても扉を叩いても出てくる気配がない。もしかしたら部屋の中で倒れているのかもしれないし、誰かに襲われているのかもしれないから、ドアを開けてくれってうるさくて」

柏木というのは、ハルの名字だ。

「ひぇ、そんなことを」

「うぅ、ユキちゃん……」

ハルがぐすぐすと泣きながら、紗雪の頭に顔を埋《うず》める。

紗雪は彼の背中をぽんぽんと撫《な》でつつ、管理人にもう一度謝罪した。管理人は「ま、なにもなかったのはいいことだね」と言って帰っていく。

「ハルさん。とりあえず部屋入ろう」

「ん……」

紗雪は部屋の中にハルを招き入れ、クッションの上に座ってもらう。買ってきたばかりの葉で温かい紅茶を淹《い》れて、それを手渡した。

「大騒ぎしてごめんなさい。ユキちゃんから連絡がないんで不安になっちゃって、もしなにかあったらと思うと居ても立ってもいられなくて」

「うぅん。心配してくれてありがとう。ただ、ちょっと寝ちゃっただけなの」

「そうだったの、よかったわ。……大事な話があるって連絡貰ってたし、アタシ嫌われちゃったのかと思って」

「はい!?」

「あんなふうに追い詰めるような言い方しちゃったでしょ。恋人なら全力で応援するべきだったのに……」

「いいの、ハルさん。あれはハルさんが正しかったんだよ。私が考えなしに言ったことは、本気で仕事に取り組んでいる人に失礼だったたって気がついたの。厳しく言ってもらえてよかった。ありがとう」

「ユキちゃん。アタシもごめんなさい。大変な仕事ということもたしかにあるけど、同じ職に就いたらユキちゃんが離れていっちゃうんじゃないかって、不安になっちゃったの」

「……そうかもしれないよね。私はそんなことにも気がつかなかった。経歴の差もあるけど、トップネイリストと言われている人の傍《そば》にいていいのかって悩んじゃいそうだもの」

「それが嫌なのよ。アタシはアタシだし、ユキちゃんはユキちゃんじゃない。仕事のことで仲違《なかたが》いするなんて絶対嫌」

「わかるよ」

正面からハルの隣に座り直し、紗雪は彼を抱きしめる。

「──あのね。大事な話って全然違うことだよ。私がハルさんを振るなんて、地球が滅びてもないから安心して」

「そんなこと言っちゃって。いーい、ユキちゃんはね、まだまだ世界を見ていないのよ。ずっと会社の中に閉じ込められちゃってたせいで。これから先、出会う人はたくさんいる。その中から他に好きな男ができたなんて言われたら、アタシ理性が崩壊して、ユキちゃんを閉じ込めちゃうんだから！」

「ヤンデレ⁉」

「いいわよヤンデレでも、ツンデレでも、なんでも」

ぷんっとハルがそっぽを向いてしまう。その顔が可愛くて、紗雪はハルの頬にキスをした。

「……そのくらいで機嫌を直したりしないんですから」

「もー、ハルさんってば。私が言いたかった大事な話聞いてよ」

「そうね。そのことがあったわ」

ハルがすぐに紗雪に向き直る。

「私、やりたいことわかったの」

「あら、よかったわ。一体なにがやりたいの？」

「……カフェ」

「カフェ！　ユキちゃん紅茶とかケーキとか好きだもんね」

「うん。それにハルさんに居心地のいいカフェを作ってあげたいとも思ってるの」

「アタシが？」

「もちろん私自身が気に入るのも重要なんだけど、誰かに喜んでもらいたいって気持ちが原動力になると思うんだ」

「そんなこと言って、どれだけアタシを喜ばす気なのよ、この子は」

ハルが真っ直ぐに紗雪を見つめる。しばらくして、口を開いた。

「今度は真剣なのね。それならアタシ、いいお店紹介できるわよ」

「え？」

紗雪は、ハルの言葉に〝紹介して〟と食いつきそうになった。

けれど、きちんと自立したい。それでなくても会社を辞めるにあたって、ハルには甘えきってしまっている。

ありがたい申し出とはいえ、これ以上はいけない気がした。

彼の好意を当たり前だと思うようにはなりたくない。

「……ハルさん。お店を紹介してもらえるのは嬉しいけど、私、ハルさんに甘えすぎてるし、ちゃんと自立しなきゃって思うんだ。だから自分で探してみるよ」

するとハルが、人差し指を自分の唇にあて、「うーん」と小さく唸《うな》る。

「甘えることのなにがいけないのかしら？」

「え？　いや、だって。ハルさん優しいしから私はすぐ甘えちゃって、それってなんていうか、うまく言葉にできないけど違うというのか、おんぶにだっこというのか――」

「アタシはね、コネがあるなら使えばいいと考えているし、甘えられる時は甘えるべきだと思ってるのね。だって、もったいないじゃない。チャンスを与えられたのに、それを棒に振るなんて」

「もったいない……」

その考え方は今の紗雪の中にはないものだった。

社会人になってからの四年近くで、誰かを頼ることは社会人失格なのだと教えられてきたのだ。会社にはコネ入社の人もいたが、その人は周囲の人間にかなり悪く言われていた。

だからもったいないという意見があるとは思いもよらなかった。

「それに、アタシがするのは紹介だけ。頑張るのはアナタ自身よ。ユキちゃんは自立しなきゃって言うけど、自立しているじゃない」

「でも、今無職だし」

「三年以上休みなく働いて、長期のお休みしてるだけじゃない。日々の生活費だって、その頃に稼いだものを使ってるんだから自立はちゃんとしてるわ。もちろんこの先なにもしないでいれば、自立してないことになっちゃうかもしれないけど。働いていないイコール自立していないっていうのは他の人にも失礼よ」

　たしかにハルの言う通りだ。

「なんだか、私、視野が狭いんだなって再認識した……」

「それがわかればいいじゃない。これから広げていきましょ」

「うん」

「そーれーでー、アタシが紹介したいお店なんだけど。二人で営業してるのに、一人が産休に入っちゃうのよ。だからスタッフを急募してるの。小規模だけど立地がよくて繁盛してる。ユキちゃんの希望的にもいいと思うのよねぇ」

　ハルは手のひらを頬につけてにこにこと笑う。

　紗雪は居住まいを正し、ハルを真っ直ぐ見た。

「ぜひ、紹介してください」

　ハルに向かって頭を下げる。

「うふふ、もちろんよ。とりあえず明日にでもオーナーに相談してみるからちょーっと待っててくれる？」

「うん。ありがとうハルさん。なにからなにまでお世話になっちゃって……」

「いいのよ。アナタを助けたいと思ったのはアタシのお節介だし、今回の紹介だって、たまたまなんだから」

「やっぱり、ハルさんって太陽みたい」

「あら、やだ。アタシをそんなふうに言うの、ユキちゃんぐらいよ」

「そうかなぁ……。ハルさんがいると暗いものが全部吹き飛んじゃって、周囲が明るくなる」

「あぁ、もうユキちゃん大好きよ」

ハルが抱きしめてきたので、紗雪も抱きしめ返す。こんなに幸せなことはない。

二人は、自然と唇を合わせていた。甘い唇を吸い、舌先をつつき合う。

部屋の空気が、だんだんと官能めいていく。

「——もっとしていたいけど、アタシ明日、朝早いのよね。……今日はもう寝ちゃいましょ？」

「うん。……って、うちで寝るの？」

「当たり前じゃない」

「私のベッド、シングルだから狭いよ」

「いいわよ。そっちのほうがくっついて寝られるじゃない」

「もう」

ベッドの上で紗雪はうつ伏せになり、冷たい足をハルの足にからめる。

「ひぃっ、ユキちゃん冷たいわね」

「冬は辛《つら》いの。だからハルさんで暖をとる」

「それはいいけど、冷たすぎるわよ。キンキンに冷えたビール缶をくっつけられた気分」

「じゃあ、もっとくっつける」

毛布を被り、冷たい素肌を温かい素肌にくっつけた。

ハルはその冷たさに苦い顔をするが、嫌だとは言わない。むしろ、紗雪を温めようとしているのか、自《みずか》らよりくっついてきた。

紗雪の口元が自然に緩《ゆる》む。

「今日ね。私もハルさんと同じことしてたの」

「同じこと？」

「いつもなら返ってきてるはずの連絡がなくて、もしかしたら部屋の中で倒れてるんじゃないかと不安になってチャイム鳴らしたの。昨夜も、ベランダから部屋の電気がついてないか確認しちゃった。不安だったけど、連絡がいつもより遅いだけで大騒ぎしちゃ駄目だって、調べものしてたら寝ちゃったんだ」

「そうだったの。ごめんなさいね。アタシ昨日の夜、急遽パーティーに参加してたのよ」

「パーティー？」

「えぇ、お得意様のね。どうしてもって頼まれて、一回だけの約束で参加したの。そうしたら、しこたま飲まされちゃってホテルで寝ちゃったのよ。挙句の果てに、スマホの充電が切れちゃうし、今日も仕事はあるしでね」

「忙しかったんだ」

「朝から拓に怒鳴られまくりよ。酒臭いまんまでサロンに来《く》んなとか、同じ服着てんじゃねぇとかって。ほんっとうるさいのなんのって」

「でも、何事もなくてよかった」

「心配させちゃってごめんなさいね。仕事が一段落ついてすぐに一度連絡入れたのよ。そのあとはまぁ、さっきの通りね」

ハルが恥ずかしそうに笑う。紗雪も釣られて笑ってしまった。

彼と一緒にいると自然と笑う回数が増える。

ふと紗雪は、ハルにずっと聞きたかったことを質問してみようかと思った。

「ずっと考えてたんだけど、ハルさんってバイなの？」

「突然ね⁉　そういうわけではないのよ。元々女の子が大好きだったし、性的に興奮するのも女の子よ。ただ、ネイルスクール中に女装し始めた直後は、悩んだわ。小さい頃から可愛いものが好きで、フリルのスカートとかも可愛いって感じてたしね。ネイリストとして便利っていうのもあって女装始めたら、楽しくなっちゃったの。もしかしてアタシ、女の子になりたかったのかしらって、自分でもびっくりしたわ」

「悩んだ？」

「もちろん。だけど女装を始めたきっかけは、お客様が話しやすくするためにどうしようかって考えた結果だったのよね」

「話しやすくするため？」

「今じゃ男性のネイリストもそこそこいるし、男性のお客様もいるのよ。けど、やっぱり基本的には女性のお客様のほうが圧倒的に多い。だから男性っていうだけで、この世界では結構、ハンデがあるの」

「コスメショップでも女性の店員さんのほうが多いもんね」

「やっぱり女性からすれば同性のほうが話しやすいでしょ。実習先の人にも言われたわ。アタシが本気でこの仕事を目指してるのはわかるけども、男性というだけで緊張するし会話がないと圧を感じるって」

ハルは眉を下げ、悲しそうな顔をした。

どの職業にも性別による有利不利がある。男性のほうが得だということはよく聞くが、それがハルの場合は逆だったのだ。

「考えたの、どうすればいいのかって。そしたらその時よく一緒に行動していた友達が女装してみたらどうかって言ってきたのよ。せっかくだから二丁目とかにも行ってみようってね」

「二丁目!」

「結構遊びに行ったのよ。そこでバイトをさせてもらったことがあって、今の口調はそこで働いてたママに釣られてこうなっちゃったの。でも、今のアタシが出来上がってからは、男性だからどうしなくちゃって考えることが減ったし、アタシ自身が楽しくなっちゃった。化粧もオシャレも楽しくて」

「それが、自分を殺す夢を見た時?」

「そう。あの夢を見てふっきれた。自分はこのままでもいいんだって思ったのよ。好きな格好をして好きな口調で好きな仕事をする。嫌になることはあるけど、好きなことだから頑張れるわ」

「好きって大きいね」

「そ、大きいの。だからユキちゃん。自分で好きなものを仕事にしたいって決めたんだから、頑張ってね」

「うん。時々は、挫折することもあるだろうけど、やれるだけ頑張る。これでも三年以上社畜だったんだから、大抵のことじゃ辞めないよ」

「頼もしいわね」

そして二人は、身体を密着しあって、目を瞑《つむ》る。

だんだんと聞こえる息遣いがゆっくりになっていったので、紗雪はハルが寝入ったのだとわかった。

目を開けて、彼の頬を優しく撫《な》でる。

そして彼に頬を擦《こす》りつけて、同じように眠った。


翌朝。

なんだか寒い気がして目を覚ますとハルはもういなかった。スマホを見ると、すでに十時近くになっている。

テーブルの上には小さなメモが置いてあった。

【十時から指名が入ってるので、今日はもうサロンに行きます。夜は時間があるし、ご飯一緒にしましょうね】

綺麗な字で書かれた初めての手紙。いや、手紙というほどちゃんとしたものではないが、彼の字で書かれた初めてのものだ。

紗雪はなんだか嬉しくて、冷蔵庫にそのメモを貼りつけた。ただ、ハルに気づかれたら恥ずかしいため、正面からではわかりにくい側面に貼る。

洗い物をしている時に横から見られる場所だ。

そして部屋の掃除をしたあと、カフェを開店するために必要なことを調べた。

「――そうか、自分がカフェを開設するってことは、個人経営者になるんだ……。個人経営者……、想像つかないや」

必要な資金や届け出は多岐にわたる。どんなカフェにしたいのかでも変わってくるだろう。

自分のカフェなら、メインを紅茶にしたい。たくさんの種類の葉を準備して、その日のケーキに合う紅茶をおすすめする。

他にも、そのお店に行けば試したい紅茶が飲めるというのがいい。高くてなかなか手が出せない種類の紅茶を気軽に楽しめるお店。

夢は膨らむが、その実現のためにはお金も努力も必要だ。イメージだけでは始まらない。

どこに出すのか、具体的な客層をどうするのか、メニューや営業時間など。

今までなにも考えずにカフェに入っていたが、今後はそれらのことも観察をしてみたいと思う。

今日明日でできるものではないが、紗雪には時間がある。

ハルのおかげでカフェでのバイトもできそうだし、一つずつ実現させていこう。

そんなふうに、やりたいことを考えながら一日を過ごし、ハルが帰宅してから一緒に夕飯をとった。

ハルは例の店に話をしてくれたらしく、さっそく明日その店に行くことになる。本当にありがたい。

紗雪はハルと別れたあと、自室で明日着ていくものを選んだ。

スーツじゃなくていいとハルに言われているので、ラフすぎないオフィスカジュアルの服をクロゼットから出しておく。

これは自分が夢を叶えるための第一歩だ。

紗雪は気合を入れながら眠った。

第六章　カルミア　～大きな希望～

翌日。

今日はカフェに面接に行く日だ。紗雪は緊張しながら服に袖を通し丁寧に化粧をした。

店まではハルが案内してくれる。

「あらあら、可愛いわねぇ」

「ありがとう。でも、本当に履歴書いらないの？」

「いらないいらない。大丈夫だから。万が一必要になったら別途で用意してもらうから平気よぉ」

「そうなの？　でも、普通面接って履歴書必須でしょ……？」

「まぁ、そうね。でも今回はアタシの紹介だからいいのよ。とりあえず行きましょ」

「うん」

連れられてやってきたのは、マンション外の駐車場だ。

「ハルさん、車持ってるの？」

「一応ね。仕事が不規則で夜遅くなる時がちょこちょこあるから、車のほうが楽なのよ」

「そうなんだ」

「はい、ではアタシの天使ちゃん、どーぞ」

ハルが助手席のドアを開けてくれる。

「ふふ、ありがとう」

紗雪が助手席に乗ったあと、ハルも運転席に乗り込み発車させた。

タクシーは何度か乗っているが、こうして誰かが運転する車の助手席に乗るのは久しぶりだ。

「三十分ぐらいで着くから」

「うん、わかった」

どんどん緊張していくものの、これは自分がやりたいことのための第一歩、採用してもらえるよう、面接に挑もうと気合を入れる。

しばらくして、ハルが車を止めた。だが、目の前にあるのはネイルショップのようだ。

「……ハルさん？」

「ふふ、いいから入ってちょうだい」

「う、うん」

カランとドアベルが鳴る。店内に入ると、コーヒーのいい香りがした。

「お、来たか」

「拓。この子がユキちゃんよ」

「は、はじめまして、楠沢紗雪と申します」

「話ならこいつから聞いてる。俺はここのオーナーの浪川《なみかわ》拓だ。前に、陽と一緒に買い物してた子だろ？」

「はい、そうです。あの時……あー、怒鳴ってた――方ですよね」

「そうだ。とりあえず説明するから入ってくれ」

店内は右がカフェ、左がネイリストのいるネイルショップになっていた。

ガラスの扉で二つの店は隔《へだ》たれているので、ネイルの匂いがカフェに行くことはなさそうだ。

「ここは、ネイルショップ兼カフェになってるんだ。最初はカウンターを作って数席だけのカフェだったんだが、意外と人気が出ちまってな。それから、カフェのほうも広くしてそっちだけでも収益があがるようにした」

「ネイルカフェってことなんですね」

「そういうこと」

紗雪は浪川のあとについていく。ネイリストがいる部屋の奥がスタッフの控室になっていた。

内装はシンプルなものの、綺麗で座り心地のよさそうなソファーが置かれ、過ごしやすそうだ。

浪川が紗雪に座るよう促《うなが》した。

「とりあえず、そっちにどうぞ」

「ありがとうございます」

紗雪に続き、ハルも隣に腰を下ろす。

「おい、陽。おめーのことは呼んでねぇぞ」

「いいだろ！　心配なんだから。過保護って言ってもらってかまわん！」

ハルの口調が変わったことに紗雪は目を瞬《またた》かせた。以前ハルが、浪川といると口調が戻ると言っていたことを思いだす。紗雪が見ていることに気がついた彼が、わざとらしく咳《せ》き込《こ》んだ。

「――んんっ。それに、まだアタシの仕事開始まで時間あるじゃないの」

「ちっ、だからこの時間を指定したのか！　まったく、お前はよ」

「えっ⁉　今さらなんだけど、待って」

二人の会話を聞いて、紗雪は慌てた。

「どうしたの？　ユキちゃん」

「もしかしてここ、ハルさんの職場？」

「そうよー！　ようこそアタシが働いているお店イベリスへ」

ハルが両手を広げ、いたずらが成功した子どものように笑う。

まさか、紹介されるお店がハルが働いている場所だとは思ってもいなかった紗雪は、あ然とする。

浪川一人が冷めた表情で説明を始めた。

「話を進めていいか？　オープン当時から働いてくれてる従業員が一人産休に入るんだ。その代わりの人を募集してる。だが、うちの店は従業員同士の信頼で成り立っている部分がある。店の奴のほとんどが元から知り合いなんだ」

「そうなんですか……」

「あぁ、知っての通り、俺とこいつは学生時代からの腐れ縁。ネイリストはこいつの同期と後輩、カフェのほうは俺の知り合い。臨時で雇うバイトだけは募集をかけて選ぶから別もんなんだが。まぁ、ほとんど身内だな」

「そんな中に私が入ってもいいのでしょうか」

「だからこそ頼みたいところなんだ。あまり店の雰囲気を変えたくないんで、誰も人となりを知らない人間を雇うのは気が進まなかった。それに、このバカは指名が入らなければ休みだと言い張りやがって――」

「あー……だから、よく一緒にご飯食べれるんですね。私のほうは会社を辞めて無職ですから時間がありますけど、ハルさんはどうやって時間を捻出《ねんしゅつ》してるんだろうって不思議だったんです」

「飛び入りの客とかいても相手しねぇんだよ。こいつが相手すれば、リピート率が上がるっていうのによ」

「もー、いいじゃない。アタシの指名さんって客単価が高いのよ。片手に一時間以上かかるデザインをご所望の時もあるんだから、それくらいの自由があってしかるべきよ」

「だから今まではある程度放っておいただろうが。けど、この子がカフェで働くようになったら違うだろ」

「うぐっ」

「この子がいる限りお前もいる。ということは、飛び入りの客もある程度は担当してもらおうじゃねぇか」

浪川の言葉をそこまで聞いて、紗雪はなぜカフェで働いたことがあるわけでも、即戦力になれるわけでもない、むしろど素人の自分がすぐに働かせてもらえるのか理解した。

自分という存在がハルを引き留める手段になるわけだ。

それが嫌だとは思わないが、そのせいでハルに迷惑がかかるのではないかと心配だ。

「ハルさん。いいの？　ハルさんが嫌なら私自分でどこか探すよ」

「駄目よ。だーめ！　アタシがユキちゃんと一緒に働きたいのよ！　ユキちゃんがカフェの服着てくるくる仕事する姿が見たいの！　そうしたらアタシもう百人力よ。超頑張っちゃうんだから」

「よーし言ったな。お前言ったな。馬車馬のように働かせてやるからな」

「鬼畜！　魔王！　すでに馬車馬のように働いてるのに、より働かせようっていうの？　アタシを殺す気ね？」

「あぁ？　んなことはこの子みたいな働き方を三年以上やってから言えや！　彼女が働く姿を見て、お前は自分の態度を反省しろ」

「きー！　それ言われちゃったら、アタシなにも言い返せないじゃないのよ！」

「え、私のこと知ってるんですか？　って……愚問ですね」

浪川の言葉に紗雪は嬉しくなる。少しは自分の働き方を評価されているのかもしれない。

「そうだな。聡からも、君のことは結構耳に入ってきてたんだ。そもそも、このバカがうるせぇ。毎日毎日、今日はユキちゃんがどうしただ、可愛いだ、天使だとかって、耳がたこになるぐらい言ってくるからな」

「なんというか、申し訳ございません」

「君のせいじゃないだろ。このバカがところかまわずすぎるんだよ」

「だって、可愛い可愛い恋人のことは自慢したいじゃないの。それにユキちゃんはアタシの天使なのよ。アタシの目の前に舞い降りた、アタシのためだけの天使ちゃん」

「それを汚《けが》すお前は堕天使かなにかか」

「やだ、下品」

「どの口が言う、どの口が」

ハルが水谷と一緒にいる時も思うが、ハルと浪川の会話もまるで漫才のようだ。

紗雪が知っているハルは、どちらかというと大人のイメージの人だ。もちろん子どもっぽいところや、おかしな発言をすることも多々あるが、ここまで砕けた雰囲気でしゃべっている姿はほとんど見せない。

これが、彼ら三人のコミュニケーションの取り方なのだろう。

「――それで、いつから働ける?」

しばらくして、二人の言い合いが落ち着いたのか、浪川が紗雪を振り返った。

「そうですね。きちんと働き出す前に改めてやれることやってしまいたいので、来週からでも大丈夫でしょうか?」

「かまわない。うちの従業員が産休に入るのは一ヶ月後ぐらいだ。それまでには、引き継ぎをしてくれ」

「わかりました」

「今日はこんなもんだな。帰る前にカフェの奴らに紹介しておく。こっちへ来てくれ。陽はさっさと仕事にかかれ」

「はいはい、わかりましたよ。ユキちゃん、今日アタシ夜遅いから、明日の朝一緒にごはんしましょーね」

「うん。ここまで連れてきてくれてありがとう」

「いいのよん」

ひらひらと手を振ったハルが更衣室へ向かっていった。

この店には更衣室がちゃんと存在する。家賃が高そうな一等地でこの広さのお店を持てるのは、それだけオーナーである浪川が手腕家なのだろう。

彼からも、いろいろ学びたい。

「さて、軽く説明しとくな。ネイルは最大三人まで対応可能で、VIP用の個室もある。うちは芸能人とか顔の知れた人も来るから、そのために用意したんだ。んで、カフェは最大十席にしている。あんまりカフェの人を多くして、ネイル側が煩《わずら》わしくなったら嫌だからな」

「たしかに、ひっきりなしに人の出入りがあるのがわかると集中力も切れてしまいますもんね。ネイルって集中力が必要そうに見えますし」

「陽なんかは、一人相手に集中しすぎて終わったあとは糖分欲しがるからな」

「そうなんですね」

自分の知らないハルが、ここにはたくさんいる。これからはそれも知っていけるのだ、と紗雪は嬉しくなった。

そんなふうに浪川に施設を案内してもらいつつ、カフェのほうへ行く。ちょうど、一段落したところらしく、お客は二人ほどしかいない。

浪川がスタッフを呼び、紗雪を紹介してくれる。

「二人とも少しいいか？　この子が来週から来てくれる楠沢紗雪」

「こんにちは、土田《つちだ》です」

「来週からよろしくお願いします」

「川村《かわむら》です。こちらこそ一ヶ月くらいですけど、よろしくね」

「はい」

来週から同じ職場で働く二人と挨拶を交わして、紗雪はお店の外に出た。

「じゃ、来週からよろしく」

「はい」

「詳しいことは陽に伝えておくから、あいつから聞いてもらう、でいいか？」

「浪川さんがやりやすいようにしていただいてかまわないです」

「悪いな。ありがと」


翌週の月曜日。

その日が紗雪の初出勤の日となった。

ハルは出張ネイルの予定があるらしく、今日は一緒に行けないと半泣きで謝ってくれた。大人なのだし一人で大丈夫なのだが、なぜか心配されているらしい。

紗雪は必要なものを持って店に向かう。店に着くと、当番のネイリストが一人と、カフェの二人がいた。

「今日からよろしくお願いします」

「待ってたよ。よろしく。改めて、俺は土田です」

「楠沢です」

「じゃあ、この服に着替えてきてくれる？」

「わかりました」

紗雪は土田から手渡された制服を手に取って、女子更衣室へ入った。

手渡されたのは、白いシャツに黒いパンツとストライプの腰巻きエプロンだ。

シンプルでオシャレなカフェっぽい制服に口元がにやつく。

お店によっては私服にエプロンだけ統一というところもあるが、ちゃんと制服があるほうが紗雪の好みだ。

制服に着替えて、スタッフルームへ戻った。待っていてくれた川村がカフェコーナーで仕事の説明をしてくれる。

「今日はまず注文を取って、私たちが準備したものをお客様に提供することを覚えてもらえる？あと、レジかな。楠沢さん、レジってやったことある？」

「はい。学生の頃にコンビニでバイトしたので」

「コンビニか……。そっか、それならちょっと苦戦するかも」

「え、そうなんですか？」

「他のお店はわからないけど、ここのカフェ側のレジはＰＯＳレジっていうのを使っていて、タブレット型なんだ」

「タブレット型！　レジも進化してるんですね」

「そうなの。そこに販売情報を入力しなきゃいけないから、慣れるまで時間が必要かもしれないね」

見せてもらったレジはたしかにタブレット型で、タッチで販売した商品を選ぶようになっていた。ほかにも、客の性別や年齢などを選択して入力できるようになっている。

「これって、全部入力する必要があるんですね……」

「えぇ。いろんな情報を集めてメニューやサービスの参考にするのよ。どの年代でなにが人気なのかとかね」

「はー、なるほど」

今はいろいろなシステムがあるようだ。紅茶だけではなく、こんなことも勉強になる。

「レジの練習はあとでやろう。うちはネイルと兼用のお店だから、ネイルのほうのお客様にもお茶の提供をするの。それを説明するわ。そっちは無料ね」

「えっ!?　無料なんですか！」

「もちろん一杯だけで、このリストに載ってるもののみね。二杯目や他のものが欲しいなら、別料金が発生する」

川村から必要なことを教わっていく。

ケーキはここで作っている。コーヒーや紅茶も種類が多く、ネイル兼用のカフェとは思えないほどの品揃えだ。

狭いキッチンスペースをここの二人は機能的に使っていた。

テイクアウトもでき、朝はそのお客さんで列ができるらしい。

「――と言っても、うちのテイクアウトは種類が決まってるんだけどね。コーヒーはブレンドのみ、紅茶はダージリンのみってね。ココアとミルクは朝ほとんど出ない」

「サンドイッチとかは置いてないんですか？」

「うん。さすがにそこまではやってない。この店の周りってパン屋が多いの。パンはそこで買ってうちで飲み物買っていく人は結構いるかな。だから、飲み物だけのテイクアウトの数が多い」

「なるほど。テイクアウトの場合はこっちのカップを使うんですね」

「そう。零《こぼ》れないように蓋《ふた》も忘れずに。今の季節だとホットのほうが出るけど、人によってはアイスも買うの。アイスの場合は氷を入れてこっちのカップに注ぐ」

「ストローもつけるんですね」

「えぇ、お願いね。紅茶のテイクアウトはティーバッグを使って」

「ティーバッグだから、ダージリンのみなんですか？」

「そうよ。それに朝の忙しい時間に葉からは淹《い》れられないから」

たしかに葉からとなると、少し時間がかかる。なので、テイクアウトはティーバッグを使用し、カフェを利用してくれる人には葉から淹《い》れることになっているようだ。

「ただ、時々厄介《やっかい》な注文もあるの。だから気をつけてね」

「厄介《やっかい》？」

「基本はストレートで淹《い》れてシュガーとミルクをお好みでつけるようにしているんだけど、時間がかかってもいいからロイヤルミルクティーを淹《い》れてくれってお客さんがいるのよね」

「拘《こだわ》ってますね」

「そう、うちが借りてるこのビルのオーナーだから、断れなくて」

「あぁ、そういう……」

簡単な研修を終え、開店時間となる。

開店と同時に来るのはネイルの客とテイクアウトの客。カフェに入ってゆっくりと、という人は平日にはいないそうだ。

カランとドアベルが鳴る。

「いらっしゃいませ」

「ホットコーヒー」

男性客が注文をした。

紗雪はミルクと砂糖をどうするか問おうとしたが、すぐに土田がコーヒーを用意して目の前に差し出す。こっそりと耳打ちしてくれた。

「あの人、毎朝一番にここで買ってく人。冬はホット、夏はアイスのコーヒー。砂糖もミルクもいらない派」

「わかりました」

最初は一人ずつだったので、なんとか対応できた紗雪だが、どんどん並ばれると頭が混乱していく。とにかく注文をとって、番号を土田に伝え、ドリンクを提供した。

客側の時は自分もやってもらっていたことなのだが、スタッフとして働いてはじめて店の大変さに気づく。

そんな中、しばらくしてやってきたとある客の注文が、紗雪はうまく聞こえなかった。もう一度確認しようとしたが、「早く」と急《せ》かされてしまう。

社畜時代、上司に同じことを二度言わせるなと怒鳴られたことが頭を過《よぎ》り、聞こえていた部分の音だけを頼りに川村に伝えた。

「ねぇ、これホットなんだけど。私が頼んだのはアイス」

「申し訳ございません。すぐに作り直しますので」

間違えてしまった。確認を怠《おこた》った自分のミスだ。

「時間ないんだから急いでくれる」

「はい、申し訳ございません」

何度か頭を下げ、川村に商品を間違えたことを伝える。

ホットとアイスで値段が変わるわけではないので、作り直すだけで済むと慰《なぐさ》められたが、彼女と客の貴重な時間を奪ってしまった。

しばらくして、またしても会計を間違える。

「お姉さん」

「はい」

「これコーヒー二つ分の値段だよ。俺が頼んだのは一つ」

「申し訳ございませんっ」

「いい、いい。焦らないで」

「すみませんっ」

自分ではある程度はそつなくこなせると思っていたが、やはり思い込みだ。初日とはいえ、こんなにも自分が使えないとは、と紗雪は弱気になった。

それから、何度もミスを連発してしまう。

注文を間違え、おつりを間違え、レジの操作方法を間違えた。挙句の果てに、変なボタンを押したのになにをしたかわからず、ビービーとうるさく鳴り響かせる。

それでも泣き言だけは言わない。落ち込んでいる暇はないのだ。

そして一時間が過ぎた。客の入りが減ってくる。川村にぽんっと肩を叩かれた。

「楠沢さん、お疲れさま」

「川村さん。それに土田さんもご迷惑をおかけして申し訳ございません……」

「なに言ってるのよ。新人さんはミスして当たり前なの。初日なんだから、ミスしないほうがおかしいわ」

「そうだよ。むしろ、あれだけミスしてお客さんに怒鳴られたのに、泣かなかったのは偉いよ」

「仕事ですから、少しでも早く戦力になれるよう努力します」

「気負わないでね」

「はい」

けれど川村はこれから産休でいなくなる。それまでに最低限のことができるようになっていないと、土田の負担が増え、雇ってもらった意味がなくなる。

それにハルの顔を潰すようなことはしたくない。ハルを店に引きとめるだけの存在になる気は、もっとなかった。

気合を入れ直していると、二人組の女性が来店する。

「楠沢さん、お水出して」

「はい」

川村が用意してくれたお冷やの置かれたトレイを持ち、紗雪は客のもとへ向かう。お冷やを零《こぼ》さないようにそっとテーブルに置いた。

「いらっしゃいませ。ご注文が決まりましたら声をかけてください」

「あ、もう注文いいですか?」

「はい」

紗雪はポケットから注文票を取り出した。

「季節のパンケーキと、本日のケーキを一つずつ。あと、セットにして一つはコーヒーで、もう一つは紅茶……、この同じお茶っ葉なの、なにが違うんですか？」

「え？　っと……」

紗雪は客が指を差しているメニューを見る。

「あぁ、これは生産国が違うんです。同じ種類の葉でも育てられた環境が違うと味が少し変わります。この葉ですと、こちらのほうがより甘みが強いです」

「なるほどー、じゃあこっちのでお願いします」

「では、ご注文を繰り返させていただきましゅ……っ、すみません。いただきますっ！」

恥ずかしい、緊張しすぎて噛んでしまった。注文一つまともに取れない。

紗雪は注文を土田と川村に伝え、紅茶とコーヒーを先に出す。ケーキを準備し、パンケーキが焼けるのを待って、二つを運んだ。

零《こぼ》さなかったし、落とさなかったのでやっとまともにできたと思ったが、砂糖とミルクを渡していなかったらしい。慌てて土田が持っていき、謝罪していた。

戻ってきた土田に、紗雪は頭を下げる。

「すみません」

「いいって、俺も時々忘れちゃうんだよねぇ。だからお互い気をつけていこ」

「ありがとうございます」

昼が過ぎるまで頭をフル回転させながらどうにか仕事をこなしていく。少し落ち着いた頃、土田に言われて休憩を貰うことになった。

裏口からコンビニに向かい、適当にお弁当を買って戻る。紗雪はスタッフルームのソファーに深く座り、ため息をついた。

「疲れた……」

社畜時代は精神的に疲れることが多かったが、カフェでは身体も疲れる。

ずっと立ちっぱなしだし、来店客がひっきりなしの時は同時にこなさなければならない作業が多い。

今日は三人だったからこそ、どうにかなかったが、今後二人きりになると思うと、絶望を感じた。

「カフェをやるって本当に大変なんだ。夢だし、まだ始まったばかりとはいえ、揺らぐ……。いやいや、社畜を三年以上もやってたんだから、このくらいでへこまない！　一個ずつ覚えていこう」

なによりまず、この思考を変えなければ。怒鳴られるのが嫌で、確認を怠《おこた》った。ミスに繋がる可能性があったのに、放置したのだ。

これは店の信用にかかわってくる。二度としてはいけない。

それに新しいことを覚えるというのは、本当に大変だ。

二人にはこれからも迷惑をかけてしまうが、少しでも早く力になれるように頑張ろう。

紗雪は一時間の休憩を終え、カフェコーナーへ戻った。入れ替わりに川村が休憩に入る。紗雪は土田に教えてもらいながら、カフェ業務をこなした。

「これ、ネイルのほうのお客さんに出してきて」

「わかりました」

土田にホットティーを渡される。

紗雪はネイルコーナーを訪れた客のところに行き、丁寧に出した。ついでに今来た客にドリンクの注文を聞く。

今日一日でも数人の芸能人がＶＩＰルームに入っていくのを見た。それを見て、たった一日でもこれだけ有名人が来るのだから、浪川がめったな人を雇えないと言った理由に納得する。

こういう店は信用が大切だ。彼らだけの話ではないが、プライベートの情報が漏れれば、大問題になる。当然、客は減るだろう。

有名人は集客力になる大切な存在だ。なにせ、ブログなどで紹介してもらえれば、予約が一気に増える。

彼らの信用に応えられるよう、個人情報は絶対に外に漏らさないように気をつけなければ。

紗雪は改めて気を引きしめたのだった。


それから二週間ほどが経った。

紗雪は少しだけカフェの仕事に慣れてきていた。

朝の忙しい時間をそれなりにこなし、疑問に思ったことを土田に問う。

「こうしてみると、世の中、十時出社の人たちって結構多いんですね」

「そうだね。あとはフレックスの人とか」

「朝忙しいのって六時から九時くらいまでだと思ってました」

「一般的にはそのくらいの時間帯に出社する人が多いもんね。あ、来たよ」

土田の言葉に視線を扉へ向ける。そこには妙齢のマダムがいた。

「あの人が、例の拘《こだわ》りのある人」

土田がこっそり耳打ちをしてくれる。紗雪は初日に聞いたことを思いだした。

彼女がこのビルのオーナーだ。

「こんにちは」

にこやかに挨拶するその人に、紗雪は頭を下げる。

「いらっしゃいませ」

「初めて見る方ね。新しい人？」

「はい、産休に入られる川村さんの後任として二週間ほど前から働かせてもらってます」

「そう。よろしくね。土田ちゃん、いつもの」

「ロイヤルミルクティーですね」

その注文を聞き、紗雪は思い切って土田に頼んでみた。

「あの、土田さん。私のやり方で作ってみてもいいですか？」

「え？　うーん、そうだね。忙しくはないし、それほど大がかりなものでないなら、お願いしようかな」

「ありがとうございます」

このカフェでは、テイクアウトはティーバッグを使っている。ティーバッグでロイヤルミルクティーを作る時は、ちょっとした手間をかけると格段に美味《おい》しくなるのだ。

紗雪はカップの中に少量のお湯を注ぎ、そこにティーバッグを入れる。そして細かい泡が出てくるまで鍋で温めたホットミルクを注いでいった。

「え、お湯も入れるの？」

「はい。牛乳の成分は紅茶の抽出を邪魔するんです。最初にお湯で紅茶の成分を出してから牛乳を入れると、美味《おい》しいんですよ」

「俺、ロイヤルミルクティーって牛乳だけで淹《い》れるもんだと思ってた」

「私もそう思ってました。でも、ロイヤルミルクティーって日本で作られた言葉で、明確な定義はないそうなんです。なんとなくイギリス王朝風だからロイヤルミルクティーと呼んでるみたいで曖《あい》昧《まい》な感じです」

カップの蓋《ふた》を閉め、紗雪はビルのオーナーに渡す。

「お待たせいたしました」

「ありがとね」

「ありがとうございました」

頭を下げて見送り、先ほど淹《い》れたロイヤルミルクティーのティーバッグを確認する。

「ロイヤルミルクティーにする時もダージリンなんですね」

「駄目だった？」

「アッサムのほうが味がしっかりしているんでミルクティーのような濃い味で飲みたいお茶に向い

てるんです。ティーバッグ一つじゃなくて二つにする人もいますけど……」

もっとも葉の量を増やすやり方はカフェとしては選びにくい。たとえ安価なものを使用したとしても、一つで済むものを二つも使うのだ。コスパが悪い。

「そうなんだ。いやー、楠沢さんって紅茶に詳しい？」

「趣味なんです。検定とかもあるみたいなので、勉強して取りたいなって思うんですけど。もしかしたら、間違えて覚えていることがあるかもしれないし」

先日、紅茶検定というものがあるのを知った。初級、中級、上級と三つに分かれていて、それぞれで検定にかかる料金も違う。

紗雪は、ちゃんと勉強して上級まで取りたいと考えていた。

好きを仕事にするのは大変なことだが、充実感はとてもある。

もちろん、今日のようなことは特別だ。本来は、まだまだ勉強が必要な自分が、店のやり方と違うことをいきなりしていいはずがない。けれど、土田の厚意で、自分のやってきたことに少しだけ自信が持てた。

そんなふうに川村が産休に入るまで、必死に仕事を覚えていった。だいぶミスも減ってきて、一人前とは言えなくとも半人前にはなれている。

ハルも時おりカフェに来てお茶を飲む。紗雪の淹《い》れた紅茶を目当てだと言ってくれている。

ビルのオーナーであるマダムもあの翌日、紗雪の淹《い》れたロイヤルミルクティーのファンになったと嬉しそうに伝えてくれた。

自分の好きが認められ、喜んでもらえるのは、嬉しい。

そして引き継ぎも終わり、川村が産休に入った。土田と二人になったが、なんとかやれている。

そんなある日、勢いよくドアベルを鳴らして派手な女性が店に入ってきた。

「いらっしゃいませ」

「ハルは？」

彼女はとにかくハルを出せという。

突然なぜ彼を呼ぶのかわからず、なんと答えようかと紗雪は迷った。それに苛立ったのか、女性は舌打ちをして奥へ入っていく。

「お客様、そちらはスタッフルームで」

「うっさいわね！　私はハルに用事があるの」

騒ぎが聞こえたのか、タイミングよくハルが出てきた。

「ちょっとちょっと、一体何事ぉ？　ってどうしたの？」

「どうしたのじゃないよ。最近ハルの予約が全然取れなくて困ってるんだけど！」

「あらー、ごめんなさいね。雑誌に出ちゃったから、予約が凄《すご》いのよぉ。アタシだって休む暇なく働いてるの」

そう、たしかに最近のハルはやたらと忙しい。

本人が言っていた通り、雑誌の影響だ。

ハルは最近発売された雑誌に写真付きで特集された。一冊はネイル雑誌、もう一冊は女性誌だ。

女性誌のほうは、芸能人との対談で、その人にどうしてもと頼まれて応じたらしい。

二度はやらないとのことだったが、たった一回でも相当な効果が出ている。

オーナーの浪川も最初こそ嬉しいと言っていたが、予約が埋まりすぎてハルがオーバーワーク気味になっているのを心配していた。

馬車馬のように働けと言っていても、本当にそうなることは望んでいなかったのだろう。

ハルは集中力が凄《すさ》まじく、繊細なネイルアートを施《ほどこ》すことが多い。その分、目に負担がかかるようで頭痛が続くなど、最近体調もあまりよくなかった。

紗雪も心配で、よく彼の部屋に行っては看病したり代わりにやれる家事をやったりしている。正直、甘い時間がないことにも不満を溜めていた。

「申し訳ないんだけど、他の子で対応してもらってもいいかしら？　アタシと同じくらいできる子紹介するし」

「いーや。絶対ハルじゃないと嫌なの」

「けど、爪伸び始めてるし、あんまり放置できないでしょ？」

「だからハルがやってよ」

その女性客の態度に、紗雪は目をぱちぱちと瞬《またた》かせた。

随分、我《わ》が儘《まま》な人だ。

ハルが困ったように唸《うな》っている。

浪川に連絡をしたほうがいいのか迷うものの、彼女がネイルの客ならあまりかかわってもいられない。

今、カフェのほうはお客さんが結構入っていて満席に近く、テイクアウトのお客も来たので、そちらに専念しなければならないのだ。

キッチンに戻り、紗雪は土田に浪川へ連絡したほうがいいか聞いてみた。

「あー、俺がさっき連絡したから大丈夫。あの人、本当厄介《やっかい》で困ってるんだよ。たしかにうちの宣伝してくれたからありがたいんだけどさ。ハルさん目当てで、ハルさんじゃないとネイルやらせないのはともかくとして、この時間にしてくれないと二度と行かないとかいろいろと注文つけられてさ」

「そうなんですか？　なんていうか凄《すご》いですね」

「この間の雑誌の対談相手もあの人だよ。モデルのアンっていうんだ。ハルさん雑誌に出るのとか嫌うんだけど、ネイル関係だから特別に雑誌のインタビュー受けただけなのに、それを知ったあの人が、なら自分との対談だってできるだろうってごねてごねて。最終的に一回限りというのを条件で出たんだよ」

「ハルさん……」

「彼女の楠沢さん的には、嫌な気持ちがするかもしれないけど。我慢してね」

「仕事関係なら仕方ないのはわかってます。けどなんというか、嫌というより心配ですね」

自分の都合だけを押しつけられて、ハルもいい思いはしていないだろう。身体にも精神にも負担がかかっている。それを理解していないのか、そもそも自分が言っていることで嫌な思いをするわけがないと、彼女は考えているのか。

「――わかった。わかったわ。明日の午前中やりましょ」

「午前中？　まぁ、いいわ。そうしたら明日の開店時間に来るからよろしくね」

どうやら、今回もハルが折れたようだ。アンは満足げにほほ笑んで、店をあとにする。

紗雪はその後ろ姿を見つめた。

スタイルもよく綺麗なはずなのに、なぜだか紗雪には彼女が美しくは見えない。

嫉妬《しっと》しているのだろう。こんなことを思う自分が嫌になる。

そもそも明日はハルが久しぶりのオフの日だったのだ。だから、紗雪もお休みを貰って二人でのんびり過ごそうと話していたのに。これでは休みではなくなってしまう。

ハルがそっとこちらにやってきた。

「ユキちゃん。ごめんね」

「別にハルさんが謝ることじゃないです」

「だけど、明日は二人でいちゃいちゃして過ごそうって言ってたのにぃ」

「仕事だから仕方ないって考えることにします。なんていうか、腹立たしいなとは思いますが……」

「やーだー、敬語で話すのやーだー」

「さっさと、休憩に戻ってください。たった一時間ですけど、この間に体力回復しないと次があるんですから」

紗雪はハルをスタッフルームに戻す。

彼のことは心配だし、仕事である以上、致し方ないことがあるのもきちんと理解していた。それでも、恋人は私なのに、とふて腐れる。

せっかくの休み――自分のために用意してもらった時間を他人に横取りされるのは不愉快だ。

けれど、その気持ちを表に出して彼を困らせたくない。

「ユキちゃあん」

ハルが泣きそうな声で紗雪の名前を呼ぶ。

紗雪は小さく深呼吸をして気持ちを整えた。

大人なのに泣きそうなハルが可哀想になる。

「ハルさん。明日午後、待ってるから」

「うん。ありがと。アタシ頑張る！」

紗雪が笑顔を作ると、やっとハルも笑った。その顔はやはり、どこか青白い。

化粧でも目の下のクマは隠れず、空元気なのがわかる。

お店の中はともかく、紗雪は自分の前ではハルに無理をしてほしくなかった。なのに、ただ心配することだけしかできない。それが、なんとも歯痒《はがゆ》い。

翌日、紗雪は自室で料理をした。

仕事が忙しかった頃はまったく料理をしなかったが、辞めてからは自炊に戻っている。

もっとも、ハルが作ったほうが断然美味《おい》しいため、今まで彼に食べさせたことはなかった。

だが、疲れて帰ってくるであろう今日は、なにもせずゆっくりしてほしい。

ハルのようにおしゃれなランチは作れないので、簡単なオムライスを作る。サラダはレタスをちぎってトマトとツナを載せただけだし、スープはない。オムライスにかけるのはただのケチャップ。

そんな普通のご飯だが、きっと喜んでくれるだろう。

仕事が終わったら連絡をくれると聞いていたので、紗雪は卵で包むだけという状態にして彼からの連絡を待つことにした。

ベッドでごろごろと寝転がりながら、ハルからの連絡を待つ。

だが、昼の一時を過ぎても彼からの連絡は来なかった。

どうしたのだろうか。なにか急用でも入ったのか。

だが、それならどこかのタイミングで必ず連絡をくれるはずなのに、遅れるという連絡すらない。

「……あの人に捕まってるのかなぁ」

昨日見たモデルのアンの姿が頭を過《よぎ》る。

我《わ》が儘《まま》で綺麗な人。綺麗だからこそ、あれだけの我《わ》が儘《まま》が許されている。

――早く帰ってこないだろうか。ご飯を食べてゆっくりしてほしい。せっかくのお休みなのだから身体を休ませてあげたい。

そう願っていたが、その日ハルが帰ってきたのは、夜の七時過ぎだった。

彼から帰ってきた連絡を貰い、紗雪はすぐに彼の部屋へ向かう。

疲れているだろうと思いつつも、一日会いたかったのだ。

それに少しだけ怒ってもいた。

ハルの部屋のチャイムを鳴らすと、彼はすぐに出てくる。

「ハルさん！」

「ユキちゃん……。ごめんね」

ハルの顔はひどく疲れていた。それを見て、紗雪の怒りは消えていく。とにかく彼を抱きしめる。

「いいよ。……大丈夫なの？」

「んー、さすがに疲れちゃったわ」

「とりあえず、お風呂入ろ？　ご飯は食べてきた？」

「えぇ、食べてきたから大丈夫よ。お風呂入ってくるけど、まだ帰っちゃやーよ」

「大丈夫。まだ帰らないから」

ハルが疲れた笑みを浮かべた。

紗雪は一旦、自分の家に戻り、紅茶を淹《い》れる材料をとってくる。お風呂から上がり、髪の毛を乾かしたハルに温かい紅茶を出した。

彼はほっとしたような顔をする。

「ありがとう」

「今日はどうしたの？」

「それが……」

紅茶を飲みながら、ぽつぽつと話してくれた。

アンのネイルの施術を終えたあと、ハルはスマホを見せてほしいと頼まれたらしい。なぜと思いながらも見せると、彼女にスマホを取られてしまったそうだ。返す条件は一日自分に付き合うこと。スマホにさまざまな情報を入れていたハルは、その条件を呑むしかなかった。

紗雪に連絡が取れなかったのも、スマホを取られていたせいのようだ。

「なにそれ!?」

「最後に夕飯を一緒にして、それでやっと解放してくれたの。あの子がアタシに好意を抱いてくれてるのはわかってたけど、まさかここまで強引なことをしてくるなんて思わなかったわ。こちらが好意を抱いてると勘違いさせたことなんて一度もないのに」

ハルの瞳は一瞬、とても冷たく光る。紗雪の身体がぞわりと寒くなった。

「ユキちゃん」

「なに?」

「疲れちゃったわ」

「うん」

「疲れちゃったのよ」

「わかるよ」

紗雪は立ち上がって、座っているハルの頭を優しく抱きしめる。ハルが両手で顔を覆《おお》い、身体を震わせた。

多分ハルは身体だけでなく、心も疲れてしまったのだ。

今回のその彼女の騒動が引き金となったのかもしれない。

「アタシ、一人の子の施術にすっごく神経を使ってるの。もちろん他の子たちもそうだとは思うのよ。ただ、アタシは集中して集中して頭の中に描いた絵を小さな爪に載せてくの。それが楽しいのに、最近はそれが辛《つら》いの」

「好きって辛《つら》いこともあるよね」

「アタシが余裕を持ってできる人数は、一日最大三人くらいまでなの」

「三人もやれれば、十分じゃないの？」

「簡単なものだったら一人一時間程度なのよ……。アタシのお客様は自由アートの人たちばかりだから、二時間程度かかるけどね」

「ハルさんも大変だけど、やってもらうほうも大変だね」

「そうね。だから、ＶＩＰルームがあるし、うちの椅子は寝られるようになってるのよ。眠っている間に終わらせちゃうって感じ」

「あー、だから椅子が倒れるようになってるんだ。フットのためかと思ってた」

「それも、もちろんあるわよ」

ネイルサロンの椅子は大きくてゆったりしている。ソファーベッドみたいで、眠ってもらうにも、いいかもしれない。

「寝てくれちゃえば、こっちも楽なんだけど。ずっと起きてる人も当然いるわよね。それが嫌なわけでも駄目なわけでもないけど、その分神経を使うのね。相手の苦にならない話題を探したり口調を多少調整したり……」

「ハルさんは気を遣いすぎなんだよ」

「でも、性分なのよねぇ」

ハルはため息をついた。

なんでも今までは、ある程度お客の数を調整していたらしい。オーナーである浪川には内緒で、予約が入らないようにしていたというのだ。浪川のことなので、知っていて黙認していたのではないかと思う。

「ただ、最近はいろいろあって、あの客数をこなしてたでしょ。飛び入りさんや新規のお客様もとっていたし」

「私がお店にいるから？　気にしないで今まで通りにしてくれればいいのに」

「それはアタシが嫌なの。ユキちゃんがくるくる働いてる姿を目に焼きつけたいのよ。楽しそうに紅茶を淹《い》れて、お客さんと話してるのが可愛くてね。あー、アタシも頑張らないとって気持ちになるの」

「だからって、それでハルさんが追い詰められるのは私が嫌だよ」

「ユキちゃん……」

なんだか紗雪も泣きたくなって、ハルをより強く抱きしめた。

「今日だってお休みにしてもよかったんだよ。せっかく一緒にオムライス食べて、いっぱい寝て、疲れをとってもらおうと思ってたのに」

「え、オムライス？」

「気にするところ、そこじゃない」

「だってだって、オムライスってユキちゃんが作ってくれる予定だったの？」

「まぁ、それはまた今度ね、作ってあげるから。とにかく！　今日お休み返上になっちゃったんだから、浪川さんと交渉しなきゃだよ！」

「交渉？」

「そ！　休みを取らせてもらえるようにね。じゃないとハルさん倒れちゃうよ。顔色悪くして無理して笑ってるの見るの、私も辛《つら》い……」

ハルの顔を見つめて、紗雪はもしかしたら、自分もそうだったのかもしれないと思った。

顔色を悪くして目の下にクマをつくって生気のない表情で生きていた。あの頃の自分を心配してくれていた人もきっといたのだろう。

「ありがと。アタシも少し考えなきゃなって、感じてたわ」

「考える？」

「ええ、独立に向けて本格的に動くか、迷ってたんだけど……。そもそも拓のお店にいる理由の一つって、アタシを雇ってくれるお店がなかったっていうのがあるのよね」

「そうなの？」

「男性っていうだけで、書類落ちをたーくさんしたの。へこんでる時に、拓から俺が店開いたらやるかって聞かれて頷いたのよ」

「そんな経緯があったんだ」

「拓はお店の経営がしたかったみたいでね。だからカフェ兼ネイルショップなんてお店を作ったのよ。それで元々知り合いだったアタシに声をかけたの。アタシのためにお店開いたってわけじゃないのよ」

紗雪は、勝手に二人が共同経営者なんだと思っていた。

二人の関係が対等だというのもあったし、ハルの自由度を見て、経営者でもあるのだろうと勘違いしていたのだ。

「ハルさん、焦っちゃうのは駄目だよ。焦るといいことないから」

「そうねぇ。とりあえず、しばらくはまだ忙しいから無理だと思うしねぇ」

紗雪はハルを慰《なぐさ》めるように優しく頭を撫《な》でた。この日はただ寄り添い合って眠りについた。


翌日。紗雪は浪川との雑談ついでにハルについて話をしてみた。

「――楠沢から見て、どう思う？」

「ハルさん、相当辛《つら》いんじゃないかって、心配です。昨日は一昨日《おととい》いらっしゃった方が来店されて休めなかったようなので、どこか別の日に休みをねじ込めればいいのですが……」

「……そうか。あいつそういうこと言わないからな」

「予約が入ったら、予約優先なのが普通なのかもしれませんが、今のハルさんの状態を考えると、一日なにも考えずに寝られる日が欲しいなって感じるんです」

「顔色見てりゃ限界近いのはわかる。明後日《あさって》は予約が一件なんだ。十時だから、その後は完全オフにする。ついでにお前も休め」

「え、私は昨日休みだったんで、いらないですよ」

「楠沢がいると陽が居座る。まぁ、蹴りだしてもいいんだが、楠沢はあいつにとって安定剤みたいなものだ。一発やりゃー、元気になるだろ。……いや、今の忙しさでやる気も出ねぇかもしれないな」

「浪川さん……。セクハラで訴えますよ」

「わかったわかった。とりあえず楠沢は明後日《あさって》、陽の仕事が終わり次第、一緒に帰宅して面倒みてやれ」

「……大丈夫ですかね？　そうすると土田さんが一人になっちゃいますけど」

「うちで一番忙しいのは朝のラッシュと昼頃だ。予約は十時だから、ちょうど昼過ぎに終わるだろ。万が一、忙しそうだったら俺が手伝う」

「わかりました。ありがとうございます」

「いや、こっちこそ言ってもらえて助かる。俺が勝手にやると、あいつキレるんだよ。自分のことは自分が一番よくわかってるって言ってな。素直じゃねぇところあるから。……楠沢がいてくれてよかった」

まさか浪川がハルをそんなふうに見ているとは考えておらず、紗雪は目を丸くした。

たしかに紗雪と一緒にいる時と、浪川や水谷と一緒にいる時で、ハルの態度は違う。もしかしたら、長い時間を共にしている友人には、気を遣われたくないとハルは考えているのかもしれなかった。

浪川と話を終え、紗雪は持ち場に戻った。

客との会話にも余裕ができ、常連の顔も覚えてきている。

常連のお客さんと紅茶の話をしていると、ハルが施術を終えて部屋から出てきた。紗雪はキッチンへ戻り、甘い紅茶を淹《い》れる。

彼のルーティーンは朝にブラックコーヒー、施術が終わったあとは甘い紅茶かコーヒーだ。最近夜寝る前は、紗雪が淹《い》れるカフェインレスのハーブティーを好んでいた。

こんなふうに自分が淹《い》れたものを飲み続けてもらうと、自分が彼の中身を作っているかのようで、ちょっと楽しくもある。

「はい、ハルさん」

「ありがと。……さっき、拓から聞いたわ。ありがとね」

「ううん。だから明後日《あさって》は一緒にランチしてから帰ろうね」

「そうね。美味《おい》しいところで食べましょ」

「お店の予約とかは私がやっておくから。明後日《あさって》はハルさんなーんもしないでね。私プロデュースの日」

「ふふ、わかったわ。楽しみにしてるわね」

その日、紗雪は夕方あがりだったが、ハルの施術が終わるまで待って二人でタクシーで帰った。

普段車で通勤しているハルだが、最近は疲れがひどく運転が危ないので、電車を使っている。二人ならタクシーでもそこまで高くつかない。紗雪はペーパードライバーのため、自分が運転するとは言えなかった。

マンションに着くと、ぼーっとするハルの化粧を落とし、化粧水を叩き込んでベッドに寝かせる。ものの数秒で眠りについた彼の頬を優しく撫《な》でた。

彼の疲れが溜まっている理由は忙しいからというだけではない。

雑誌のインタビューのオファーがちょくちょく来ることや、雑誌を見て来た客の中に粘着質な人がいてトラブルが増えたせいでもある。

飛び入りの客の中にも、ハルがいいとごねる人がいて、他のスタッフも仕事がやりづらそうだ。

カフェのほうは変わらず順調だが、ネイルサロンの雰囲気が店全体を暗いものにしていて、けっしていい状態とはいえない。あの我《わ》が儘《まま》なモデルの常連もいる。

彼女――アンは先日ブログにハルと一緒に食事に行ったことを書き、ちょっとした話題になっていた。

ネットでは二人が付き合っているのではないかと噂されていて、ハルの周りが騒がしい。

ハル自身はきっとそんなことは望んでおらず、ただ自分の手で誰かを爪の先まで綺麗にしてあげたいだけだろうに……

紗雪もハルが他の女性――しかもモデルと話題になって、いい気持ちはしない。

だからといって、自分が表に出る勇気は出なかった。自分が彼女に見劣りすることくらいわかっている。

なぜだか平穏から遠ざかっている日常に、ため息をついた。

翌々日の朝。

紗雪はカフェの準備があるので、ハルより先にお店に向かった。十時近くにハルも出勤してきて、紗雪の淹《い》れたブラックコーヒーを飲みつつ仕事の準備をする。

朝のラッシュが落ち着いた頃、カフェに女性の四人組が来店した。紗雪は席に案内し注文を聞く。

狭い店内だ。彼女たちの会話はおのずと耳に入ってくる。

どうやら、彼女たちはアンのブログを読んでお店に興味をもったらしく、ハルを一目見るのが目的のようだ。

紗雪にそういった好奇心を否定するつもりはない。それでも、彼は見世物ではないのにと、複雑な気分だ。

ちょうどハルの施術が終わったようで、彼がお客を見送りに玄関口までやってきた。

すると、カシャッと音がする。

思わず視線を向けると、例の四人組がハルをスマホで撮っていた。紗雪と目が合い、彼女たちはばつが悪そうな顔をしてスマホを置く。

注意しようと動く前に、紗雪は土田に止められた。すぐに浪川が呼ばれる。

浪川が、女性たちに近づいていった。

「お客様」

彼は冷静な態度で四人組に話しかける。

「え、なんですか?」

「申し訳ないのですが、当店ではスタッフの写真撮影を許可しておりません。店内やケーキなどの撮影は問題ありませんが、スタッフが映らないようにお願いいたします」

「別に、撮ってませんけど」

「では確認させていただいてもよろしいですか?」

「はぁ? なんでそんなことしなきゃいけないわけ? 失礼じゃない?」

一人の女性が浪川に向かって喧嘩腰で怒鳴る。他の女性が彼女を止めようと動くが、興奮していてどうにもならない。撮った撮ってないの水掛け論になる。

「拓、いいわよ」

「けどな」

「お嬢さんたち。もし撮ってないんだったらごめんなさいね。でも撮ってたのなら、今回だけにしてちょうだい。ほら、万全な状態じゃないし、ぶっさいくな顔をしてるの写真に残されたら、嫌じゃなーい!」

ハルが場を収めようと、柔らかい声を出す。ピリピリしたムードが一気に和《なご》やかに変わった。

紗雪はなんだか泣きたくなる。どうして雑誌や芸能人のブログに出ただけでこんな目に遭《あ》わなければならないのだろうか。

写真を無断で撮ってもいいと思える人がいるのが、不思議で仕方がない。

「あとネットに流したり悪用したりもしないでちょうだいね。これ以上有名になっちゃったら、お店に迷惑かけちゃうわ」

「……ごめんなさい。写真撮っちゃいましたけど、今消去します」

優しい声音に安心したのか、女性客が素直に謝る。それを見てハルは、紗雪に目配せをした。

「ありがと！　お礼にオネエさんがうちの特製クッキー奢《おご》っちゃうわ」

紗雪は浪川の顔を見る。彼が頷いたので、テイクアウトでも売っているクッキーを準備して女性たちへ持っていった。

「当店特製クッキーです。味が四種類ありますので、それぞれ楽しんでください」

「ありがとうございます」

女性客たちは大人しく帰り、ハルと浪川がスタッフルームへ戻っていく。紗雪はテーブルの片付けを済ませてから、すぐにスタッフルームへ行った。

「あ、ユキちゃん。さっきはフォローありがとう」

「うぅん。ハルさん大丈夫？」

「そうねぇ。思った以上にあの子のブログの影響が凄《すご》いみたいで、ちょっと参ってるわ」

浪川がハルのフォローをするように言う。

「とりあえず、明日から店内に〝スタッフの撮影禁止〟って張り紙出しとく」

「あら、そんなことしたら外観損ねちゃうじゃない」

「背に腹は替えられない。こんなことが続くようじゃ、営業妨害だろ」

「ごめんなさいね」

「お前が謝ることじゃねぇ。それにこういった対策はオーナーの俺がするもんだよ。あと、あのクッキー代は経費だ。お前の給料からさっ引かないからな。ほら、二人とも上がりだろ。裏口からさっさと行け」

浪川が紗雪の背を押す。紗雪はハルに手を振った。

「お疲れさまです。ハルさんすぐ着替えてくるね」

「アタシも帰る準備するわ」

そして紗雪が着替えを終えてスタッフルームに戻ると、ハルが浪川と話をしながら待っていてくれた。

二人は裏口から外に出て、予約していたお店へ向かう。

紗雪は最近ゆっくりできなかったので、個室を予約していた。

二人で食事を済ませて帰宅し、だだをこねるハルを無理やりベッドに寝かしつける。ベッドに潜《もぐ》ったハルはすぐに寝息を立てた。

わかっていたことだが、思っていた以上に彼は疲労を溜めているようだ。

次の日からも、できるだけ予約を減らして休みを確保していった。だが、ハルの人気はうなぎ登りでお客がひっきりなしにやってくる。ネイルができないのなら一目会えるだけでいいと言い出す客まで出てきた。

ハルはできるだけスタッフルームに引きこもるようにしていた。休憩の時は紗雪が飲み物や食事を運ぶ。

なんだかお店という鳥籠に入れられているように見える。見ている側の紗雪も息が詰まってしょうがない。

そんな状態が一ヶ月ほど続いた。

雑誌やテレビのオファーも断り続けているというのに、何度も連絡が来てハルは辟易《へきえき》している。一度出れば収まるかもしれないから出演を考えたらと紗雪は提案したが、むしろよりオファーが来てしまいそうで嫌らしい。

そんな紗雪が午後から出勤のある日、二人はランチをとっていた。

「ハルさん目立つけど、目立つの嫌いだよね」

「目立つのが嫌いっていうよりは、好奇の目で見られるのが苦手っていうのかしら。そもそも、アタシみたいなキャラクターって、他にたっくさんいるのよ。今さらなんの需要があるっていうわけ？」

「荒れてるねぇ」

「荒れたくもなるわよ。仕事はある程度余裕が持てるようになったけど前とはやっぱり違うし、好き勝手に外に出られない、普通にご飯も食べられないのは困っちゃうわ。ユキちゃんといちゃいちゃしたくても、写真撮られてどんなことを晒《さら》されるかわからないじゃない。アタシのことならいいけど、ユキちゃんになにかあったら嫌だもの」

「私も身バレって本当怖い……。でも、そういうの平気な人ってたくさんいるよね。自分の素顔や所在地すらネットに書いちゃうような」

「日本が比較的安全っていうのはあるとは思うのよ。それでもなにをされるか、わからないものね」

今のところハルの自宅がバレて家の前で待ち伏せされるという事態にはなっていない。

だが店には、ハルのファンという人も来るし、例のモデル、アンのファンで彼を見に来たという人も来る。どちらにせよ、厄介《やっかい》なことには変わりない。

ふいにハルが視線をコーヒーに向けて、ぽつりと呟《つぶや》いた。

「前にも言ったけど、お店、辞めようかと考えてるの」

「……ハルさん」

「今のお店大好きよ。ずっとあそこで働いていたし、拓のことだって信頼してるもの。ただ、もっとこぢんまりとした、ゆったりとした時間をお客さんに提供できるような店にいたいの。忙《せわ》しなくこなすだけの仕事じゃなくてね」

「うん。わかるよ。ハルさん、私と出会った時は、仕事楽しそうだった。真剣で、誠実で、お客さんを綺麗にするのが誇りみたいに見えた」

「だからね。本気で独立しようと思ってるの。一等地なんて無理だからちょっと外した場所になっちゃうかもだけど」

「そのぶん、本当にハルさんがいいっていう人だけが来るからいいんじゃないかな？　私はいいと思うよ」

「ありがとう。拓にはまだ話してないんだけどね」

ハルは浪川の店で長年一緒に働いてきた。友達でもあるからこそ言いにくいのかもしれない。それでも、ハルが自分のやりたいことのビジョンを持ったのなら、紗雪はそれを応援したいと思う。

「――それでね。ものは相談なんだけど」

「なに？」

「ユキちゃん、アタシと一緒にやらない？」

「へ？　ハルさんの店でもカフェを併設するってこと？」

「そう！　ちっちゃなカウンターとかでね。……どうかしら？」

ハルが両手をぎゅっと握りしめながらこちらを窺《うかが》うように見てくる。紗雪は黙って考えた。

自分がやりたいお店のイメージはなんとなくある。それに、ハルと一緒であれば、楽しいし幸せなのは確実だ。

けれど、本当にそれでいいのだろうか。

浪川のお店で働かせてもらっているのは勉強になるし、覚えることもまだまだたくさんある。今の未熟な自分では、ハルの足をひっぱるだけのような気がする。

必要な資格だってまだ取っていない。

ここで「はい、喜んで！」とは言えなかった。

「ハルさんの気持ちは嬉しいし、一緒にお店をやりたい。けど、まだまだ未熟で資格も取れてない私では、やろうって簡単に言えない」

「……真面目ねぇ。夢を叶えたいってだけで、よかったのに。でも、そういうところも好きよ」

紗雪は言葉を返せなかった。

もし、ただの雑談での将来的な希望なら、喜んで頷いただろう。

でも、話がかなり現実的な今、かえって承知できない。

「それに、すぐにってわけじゃないのよ。開店資金だって必要だし物件だって探してもないんだから。まぁ、予定的には来年か再来年にはって思ってるの。そのためにいろいろと準備していこうかなって」

「わかった。……私もちゃんと考えるね」

「そうしてちょうだい。あとね。一つだけ勘違いしないでほしいことがあるの」

「勘違い？」

「そう、アタシは別にユキちゃんが恋人だから一緒にやろうって言ってるわけじゃないのよ。アナタが本気でカフェをやりたいって思って行動してる姿を見ているから、誘ったのよ」

「ん、ありがとう」

「返事はできるだけ早めだと嬉しいわ。ユキちゃんがいるかいないかでお店の間取りや立地条件が変わるからね」

「うん」

ネイルショップだけであればさほど大きさは必要にならないが、カフェが入るとなると広さが欲しい。

二人でどんなお店にしたいのかコンセプトを詰めていかないといけないこともある。それに紗雪のほうは、資格を取るために勉強しなければならない。

やりたいこと、やるべきことはたくさんある。

充実しているといえば充実しているが、うまく考えが纏《まと》まらない。

ハルはやると決めたら早いのか、すぐに浪川に相談していた。

もしかしたら紗雪も関わることになるかもしれないので、一緒に話を聞いていると、浪川は自分の店の二店舗目として出してはどうかと提案した。

「悩むわね。そっちのほうが経営面では安心っていうのはあるけど。それだと意味がないとも思えちゃうのよ」

「自分でやりたいっていう気持ちは十分よくわかる。別に二店舗目じゃなくてもかまわねぇんだ。陽がやりたいようにやればいい。なにかあれば、俺や聡が手伝ってやるしな」

「頼もしいわねぇ。まだ、すぐにってわけじゃないから。とりあえず相談ね、相談」

「わかってるよ。早めに言っといてくれれば、こっちのほうでもスタッフ補充する期間ができるし。俺は陽が叶えたいことを応援するよ」

「ありがと」

「あ、そうだ。楠沢」

「はっい！」

突然名前を呼ばれ、紗雪は驚いて変な返事をした。浪川が呆れたような声を出す。

「お前、ぼーっとしてただろ」

「すみません……」

「今度の金曜日、スタッフ全員でお前の歓迎会な。まぁ、陽と一緒に辞めるとしてもだ。うちに来てくれたんだし、やっぱり歓迎会はしねぇとな。かなり遅くなって悪いんだが」

「ありがとうございます！」

紗雪は急いで頭を下げた。

歓迎会を開いてもらえるとは思っていなかったので、嬉しい。そもそも、このカフェで働き始めてから一ヶ月以上経っている。歓迎会というワード自体が頭の中から消え去っていた。

それにブラック企業にいる時は、歓送迎会など存在しなかった。無駄な経費だと社長が叫んでいたのだ。そのわりに、社長自身はキャバクラ通いをして、奥さんに怒られていたらしいが……

そして、その週の金曜日。

浪川の店は夕方の六時に閉めて、全員で近くの居酒屋へ行き紗雪の歓迎会をした。

彼女とハルが付き合っていることを店の全員が知っているからか、二人の席は離される。

「ハルさんとはいつでも話せるんだから、私たちと話しよ！　にしても、ハルさんとはいつから付き合っているの？　どうやって？」

「いつからだったかな。今年の初めくらいから……？　ハルさんが落としたものを拾ったのをきっかけに」

「えー、ラブコメじゃん！　もはやドラマじゃん！」

ネイルサロンのスタッフに紗雪は取り囲まれる。

土田とはよく話すが、ネイルのスタッフの人たちとはあまり会話する機会がなく、彼女たちがこんなにきゃぴきゃぴしているとは知らなかった。お店ではとても大人っぽい雰囲気だったのだ。

一時間もすると、みんなお酒が回り、酔っ払い始める。

紗雪はお酒で熱を持った身体を冷ますために外に出た。するとあとから浪川が出てくる。

「たばこですか？」

「そ、たばこ。自分の店もだが、最近はどこもかしこも全面禁煙で喫煙者は肩身がせめぇな」

「匂いって結構気になりますからね」

浪川がたばこに火をつけて、煙を外に吐き出す。吐き出された煙は、一瞬にして空気に溶けて消えていった。

「――なぁ、お前って、あいつから、あぁいうふうになった経緯とか聞いてるのか？」

「はい。前にバイなのかって質問した時に聞きました」

「ははは！　バイかどうか聞いたのかよ。すっげぇな」

「そうですか？」

「普通、怖くて聞けなくねえか？　バイだったとしたら、同性だけじゃなく異性まで気にするようになるだろ」

「あー、たしかに。そうですね。でも、違うって言ってたし」

紗雪の中でハルが浮気をする、他の人に心変わりするなんて考えたことがない。彼の周りには女性がたくさんいるし、綺麗な人だって存在する。だからといって、その人たちの誰かとハルが、という不安はない。

そうなってもおかしくはないはずなのに、彼が常に自分と一緒にいたがるので、不安にならないのだ。

なにせ、彼は仕事に行くまでも、終わったあとも紗雪の傍《そば》にいる。それに職場も一緒だ。これでどうやって彼女に知られず、浮気ができるのかという話だ。

紗雪は浪川に視線をやった。

男性のたばこを吸う姿が好きだという女性が世の中にはいる。

たしかに浪川は、たばこを吸う姿がさまになっていて、かっこよく見えた。

太い指に挟まれたたばこがジリジリと燃えていく。

けれど紗雪には、ハルがきゃっきゃっ笑ってる姿のほうが愛《いと》おしい。

「あいつさ、あんな形《なり》して繊細な上に頑固で、うまく生きてるように見えて不器用でさ。挙句の果てにめんどくせぇからよ」

「結構ディスりますね」

「事実だからな。……まぁ、うまく言えねぇけど、あいつのことよろしく頼むわ」

紗雪は目を見開く。

浪川からこんな言葉を聞くとは思ってもいなかった。

彼とハルは長い付き合いだ。そんな人からハルを頼まれるのは、信頼されている気がして嬉しい。

それにしても浪川もハルに負けず劣らず不器用だ。

「もちろんです」

「はは、頼りになるな」

「私、これでも体力と気力がかなりあるんです。社畜でしたしね」

「そこまでいくと精神のほうが心配になるが、まぁちょうどいいのかもな。あいつは頑張りすぎるとキャパオーバーになるが、放置しとくと仕事しなくなるからな」

「よくわかってるんですね」

「腐れ縁だからな。あいつが一人で店始めたとしても、ただ応援するよ。もし潰れたらまたうちに戻ればいいしな」

「ハルさん、安心して飛び立てますね」

「過保護かもしれんがな」

「ふふ、ハルさんとそっくりです」

「うっせ。ま、あいつのプライドを考えると、ギリギリまで頑張るだろうが」

あたたかな空気が二人の間に流れた。

浪川と紗雪の間に絆《きずな》があるわけではない。ただの雇用主と従業員、もしくは友達の恋人と恋人の友達というだけだ。

それでも、ハルという共通の人を想う気持ちが、心を温めた。

そこに突然、ハルが顔を出す。

「ちょっとぉおお！　なんでアタシを呼んでくれないの？　ユキちゃんいないから心配して心配して心配したじゃないのぉ！」

「ただちょっと外の空気が吸いたくなっただけだよ」

「しかも、こいつといるなんて！　いーい、ユキちゃん。男はなにを考えてるのかわからないんだから、二人きりになっちゃ駄目よ」

ハルが真剣な顔をして紗雪の肩を掴み、軽くゆさぶった。紗雪の頭がぐらんぐらんと動く。どうやら、彼は酔っ払っているようだ。

「――たく、お前の彼女寝取るほど落ちちゃいねぇよ」

浪川はたばこを消し置いてある灰皿へ捨てて、お店の中へ戻っていく。

ハルがその背に向かって呟《つぶや》いた。

「寝取りなんて属性持ってるのかしら」

「やっぱりハルさんって結構、なんていうか直接的だよね！」

「あら、オブラートに包んだって意味がないものは、包まないわよ。オブラートがもったいないわ」

「オブラートにもったいないとかあるの？」

「さぁ？」

適当すぎるハルの解答に紗雪は笑う。それに釣られるようにハルも笑った。

そして二人は手を繋いで店の中に戻り、残りの時間を楽しんだのだった。

第七章　ウィステリア　～決して離れない～

季節は夏に向かっていた。

紗雪はハルの呼び方をハルさんからハルへ変え、恋人として、より仲よくしている。

二人は少しずつではあるが、自分たちのお店開店に向けて動き始めた。

結局紗雪は、悩んだ末にハルと一緒にお店を経営することにしたのだ。

不思議と不安はなかった。

二人が別れたらどうするのかとか、自分は流されているだけではないかとも考えたが、そのあたりはなるようにしかならない問題だと開き直っている。

未来になにが待ちかまえているのかは、誰にもわからない。

どんなことにもリスクは存在する。それでもやりたいという気持ちになったのだから、それでいい。問題が起こったら、その都度、解決していけばいいのだ。

ところが、別の問題が発生した。

ハルがお店を辞めて独立をしようと計画していることが、モデルのアンの耳に入ったのだ。

彼女は早速お店へ乗り込んできて、スタッフルームに怒鳴り込んだ。

現在、修羅場《しゅらば》中である。

アンはハルが紗雪と一緒にお店をやろうとしていることも聞いたらしく、紗雪まで呼び出した。彼女はわかりやすく怒っていて、ハルは困り顔で笑っている。浪川は壁に寄りかかりながら、こちらを眺《なが》めていた。

部屋の空気がもの凄《すご》く悪い。もし自分に関わりがなければ、すぐさま出たいくらいだ。

「――ハル、お店を辞めるって聞いたんだけど。しかもそこの子と」

「ええ、事実よ。まだまだ準備中だから、すぐに辞めるわけじゃないけど、新しい店のスタッフはアタシ一人になるし、カフェもユキちゃんだけになる予定」

「なんで？　ここなら一等地だし、客の入りだっていいはずよ。私、結構貢献したよね。それなのに辞めるの？」

「ええ。たしかにお店が繁盛したのはありがたいことよ。アタシの指名も増えたから、インセンティブもなかなか入ったし。けど、アタシはお金だけが欲しいわけじゃないの。そりゃお金は大事だし、いらないとは言わないわよ。けどね、おざなりにこなすだけの仕事は、したくないの」

ハルが真剣な顔で、アンに伝えた。

「お店どこに出すつもりなの？」

「まだ探し中よ。まぁ、二人きりだし、そんな大きなお店を用意する資金はないから、このあたりからは離れると思うわ」

「それだと私が通えない。個室も用意してもらいたい。私が資金提供すればいい？」

「ありがたいけど、お断りするわ」

「なんでよ！」

「まず、はっきりさせるわね。アタシとあなたはただのお客と店員よ。アタシにはアタシの理想がある。資金提供のお話は嬉しいけど、アタシはこの子とどこまでやれるか試したいの」

「……ねぇ。そもそも、なんでこの子を連れていくの？　ネイルサロンにカフェがなくたってよくない？」

「それはアンちゃんに関係ないわ。アタシがどういうコンセプトのお店をやるかは、アタシが決めることよ」

するとアンがしばらく黙り込んだ。

たぶんアンは紗雪とハルが付き合っていることを知らないのだ。

ハルはプライベートの話を客にしないし、店内での紗雪とハルの距離感はスタッフ同士以上にならないようにしている。このお店はスタッフが元々知り合いなのもあって、みんな仲がいいため、よほど注意して二人を見ていないと気がつかないだろう。

「……付き合ってるんだ」

「それも関係ないことよ。プライベートのことだから」

ハルの笑顔は完全に営業スマイルになっている。アンを拒否している空気をわかりやすく表に出していた。

普段のハルは、そういったことをしない。気安い雰囲気になるようにしてはいたが、彼はどこまでも自然体のまま一定の線を客に越えさせなかった。そうすると、だいたいの人は自然と正しい距離で接するようになる。

それを考え、紗雪は自分が彼の客として出会わなくてよかったと、思った。そうであれば、こんなふうに一緒に過ごすことはなかったかもしれない。

アンは何度も口を開閉させて、前髪をくしゃりと握った。泣いているようにも見えたのに、顔を上げた彼女は涙一つ零《こぼ》していないのか、化粧がいっさい落ちていない。

「……私がどんだけ頑張ってもハルのプライベートには入り込めなかった。それが悔しくて……我《わ》が儘《まま》言いまくって振り回してたんだね。……今までごめんなさい」

「いいのよ。アタシが芸能界みたいな派手な世界に向いてないのがわかったのは、あなたのおかげだもの」

「ハルのそういうところずるいわ。罵《ののし》ってくれれば、嫌になって諦められるのに。お店出すなら頑張って。応援してる。もし、よかったら新しい店にも行かせてもらいたい。だって私、ハルが描き出すネイルの世界が好きなのも本当だもの」

「ふふ、お得意様は嬉しいわ」

「今日は帰る。しばらくお店来れないかもだけど、また顔出すよ」

「そうしてちょうだい。待ってるわ」

ハルが手をひらひらと振り、アンは笑顔を見せて帰っていった。

呼び出されて一緒にいたものの、紗雪が一言も発さないうちに終わってしまった。ちょっと拍子抜けする。

「……ハルって罪深い」

「本当にな。こいつ素でコレだぜ？　お前本当にこいつでいいのか？　苦労が絶えないぞ」

「いいんです。そんなこの人がたまらなく好きなのです」

「お前も変わってるな」

「ちょっと、なんで二人してアタシの悪口言ってるわけぇ！　前の歓迎会あたりからちょっとおかしいわよ！　え、やだ、ココロガワリ……！」

ハルの冗談に紗雪は苦笑いする。

「棒読み。全然思ってないんでしょ」

「まぁね。ユキちゃんが拓のことを好きになることはないわね。アタシと正反対すぎるもの。それにこんなアタシがたまらなく好きだなんて。公開告白！」

「お前は自信過剰だな」

浪川が呆れた声を出すので、紗雪は話を切り上げる。

「あの、私、仕事に戻ります！」

「アタシも次のお客さんの準備しなきゃ」

紗雪はキッチンに戻り注文のものを作りながら、アンのことを考える。

彼女はハルのことが本気で好きだったのだ。だからこそ、振り向いてもらうために、なりふりをかまっていられなかったのかもしれない。

それを考えると、彼の好意にあぐらをかいている自分はどうなのだろうか。

前よりは血色がよくなったし、肌の艶《つや》だっていい。髪の毛もパサついていないし、洋服だって靴だってボロボロではない。見た目はこうしてわかりやすく変わったと思う。

けれど、中身は?

結局、ハルに助けられて守られているだけだ。

誰かにハルをとられないためにではなく、彼の隣に対等に立つ努力をしたい。

その日、仕事を終え、紗雪はハルの家へ向かった。

先に帰っていた彼は、いつも通りの笑顔で迎えてくれる。

「あら、ユキちゃんどうしたの?」

「ちょっとハルに話があって」

「……わかったわ」

ハルの笑顔に紗雪は、今さらだが本当に甘えていると自覚した。

彼と自分の二人分、紅茶を淹《い》れる。マグカップを両手に持ちながら一口飲んだ。自分を落ち着かせるためにはコレが一番いい。

「それで? どうしたの?」

「新しいお店の件なんだけど。資金、半分私が出すって言ってなかったなって思って……」

「え? 突然どうしたの?」

案の定、ハルは全面的に自分が出すつもりだったと言う。

でも、カフェのものは紗雪が責任をもって担《にな》うのが筋だ。ハルはハルでネイルのものを準備しなければならないのだし。

「私たちのお店はハルのお店であると同時に私のお店でもある。だから、ちゃんと対等にお金を出したい。元々そのつもりで貯金はあるし、ハルの負担も減ると思う」

「そう……。ずっと、ユキちゃんはアタシが守らなきゃって思ってたわ。けど、ユキちゃんのほうが強いわね。ちゃんと対等でいようとしてくれる。アタシも守るって意識じゃなくて、二人で守り合うっていう方向にしなきゃね」

「ありがとう。私ね、ハルがいてくれたから今の私になれたと思ってる。半年前、思考が停止していて、どうにもならなかったのが嘘みたい。ハルが助けてくれたから、今好きなことができてる。守ってくれてありがとう。でも、これからは手を繋いで横を歩きたい」

「うん。そうね。アタシたちはそれがいいわ」

なんだか胸がいっぱいになった。彼がいてくれたことにどれだけ救われたか。

たかだか会社を辞めただけ。

他人にとっては、大したことではないかもしれない。

けれど紗雪にとっては世界が一変するできごとだった。

誰にも相談できず、友達は減った。両親には頑張れと言われ、逃げ場がなかった。

自分がもっと強い心と意思を持っていればよかったのかもしれないけれど、睡眠不足で考えも纏《まと》まらなかった。常にぼんやりして、なにかをやろうとする気力なんて存在しなかったのだ。

だからハルが、無理やりにでも背中を押して動かしてくれたことに感謝している。

今度は甘えるだけでいたくない。対等でいられるよう、きちんとしたい。

彼のお店ではなく、自分たち二人の店だと胸を張って言いたい。

それから紗雪も本格的に店舗探しを開始した。休みの日に不動産屋に何度も通い、ネットで見ながらピックアップする。

そのうちの何軒かを選び、紗雪はハルに相談しに行った。彼はその資料に目を通しながら質問してくる。

「――そういえば、ユキちゃん」

「なに？」

「ずっと気になってたんだけど、ご両親にはお店のこと言ったの？」

「うぐっ」

「あらやだ、もしかしてなにも言ってないの？」

「……まぁ、うん」

「どこから言ってないの？」

ソファーに転がる紗雪をじろりとハルが見た。こういう時の彼は本当に勘がいい。

正直に言えば、会社を辞めたことすら伝えていなかった。辞めてからもう半年近く経つというのに、実家に一度も帰っていない。

「まだなにも言ってない。仕事を辞めたことも……。なんだか、申し訳なくて」

「頑張れって言われたのを辞めちゃったことが？」

「うん。会社が決まった時、喜んでくれたのに。頑張れなかったって思うと言いにくくて、黙ったまんまにしてる」

そう答えると、ハルが仕方がない子ねというふうな笑みを浮かべた。

「お店を始めることもあるんだし、一度ご両親に話をしたらどうかしら？」

「そうだね。うん、そうする。明後日《あさって》の休みにでも一度実家に帰ってみるよ」

「アタシも一緒に行こうか？」

「ううん。そこまでは大丈夫。ハルのことはちゃんと改めて紹介したい。会社辞めたことにどういう反応されるかわからないから、一個ずつやりたい」

「わかったわ。アタシはいつでも紹介される気満々だし、紹介する気満々よ！」

なぜかハルは嬉しそうにサムズアップした。

両親への紹介というのはそういうことになるのだろうか。

彼と付き合い始めてまだ短い。

結婚したくないというわけではないが、現実味がなかった。


翌々日の土曜日。

紗雪は実家のある駅に着いた。

駅前からバスに乗って十分。実家近くのバス停で降りて地元の道を久しぶりに歩く。

会社で働き始めて三年以上帰っていなかった。心配した母は、時おりマンションに来てくれたが、父とはほとんど顔を合わせていない。年末年始に帰らなくても、仕事なら仕方ないと言ってくれていた。

それほど、父は仕事優先の人だ。

実家のインターホンを押すと、弟が玄関を開ける。紗雪を見て口をぱくぱくと開閉させた。まるで幽霊でも見た顔をしている。

なかなか言い出しづらく、紗雪は家に帰ることを連絡していなかったのだ。

「ねーちゃん！」

「ただいま」

「かーさん！　ねーちゃん！　ねーちゃんが帰ってきた！　ねーちゃん！」

「ねーちゃんねーちゃんうっさい」

「うわー、ねーちゃんだ」

「人をなんだと思ってるの。井戸から出てくる女の人を見たような反応するな」

弟は嬉しそうに紗雪の周りをぐるぐると歩く。まるで犬だ。

彼は七つほど年が下で、まだ大学生。今日はたまたま家にいたらしい。

母と父は嬉しそうに紗雪を迎えてくれた。

「久しぶりねぇ。会社は大丈夫なの？」

「迷惑かけてるんじゃないのか？」

「ていうか、そんなブラック辞めちゃいなよ」

「こら、仕事っていうのはそう簡単なものじゃないんだ」

口々にいろんなことを言ってくる。弟が頬を膨らませているのを、父は叱っていた。

なんだか余計に会社を辞めたことが言いづらい。だが、それではなんのために実家に帰ってきたのかわからなくなる。

「えーっと、事後報告になるけど、お知らせしなければいけないことが何件かあります」

「まぁまぁ、そうなの？」

「一つは、今年の初めに会社を辞めました」

「なに？」

「うわー！　ねーちゃん、やったじゃん！」

「なんで辞めたんだ？」

弟は喜んでくれたが、予想通り父は苦い顔をする。紗雪は丁寧に説明することにした。

「ちゃんと言ってなかったけど、本当にブラック会社で残業は当たり前、始発で会社に行って終電で自宅に帰って、休日も会社に行ってた。上司から怒鳴られてセクハラもされて、でもみんな同じだから誰も助けてくれない。当時付き合ってた彼氏は知らない間に他の人と付き合ってたし、友達も離れていった」

「そんなことになってたの？　もっと早く言ってくれればよかったのに」

母が泣きそうな顔をし、父が眉間に皺《しわ》を寄せた。弟は「ねーちゃんは我慢しすぎ」と怒っている。

「けど、今年の初めにある人に出会ってね。その人が会社を辞めるのを手伝ってくれたの。しばらくぼんやり過ごして、自分の好きなことをやろうって決めた。今はネイルショップ兼カフェのお店でカフェの店員やってる。まだはっきりとした時期は決めてないけど、その私を助けてくれた人とお店を始めるつもりなの」

「その人って、カフェの人なの？」

「ううん。ネイルの人。今のお店も、ちょうど自分が働いているお店でカフェのほうに欠員が出るから働かないかって誘ってくれて。その人と付き合ってて、一緒にお店やろうってなったの」

「まぁまぁ、新しい恋人がいるのね！」

「ネイルの人ってことは女の人？」

「違う。あーっと、なんと言えば……。オネエさんかな」

「オネエさん……」

弟が不可解な顔をした。

それもそうだろう。オネエさんと言われたからといって頭の中ですぐに映像が浮かぶわけがない。

父が顔色を変える。

「そいつは男なのか？」

「男の人だよ。まぁ、いろいろあって見た目は大柄な女の人って感じだけど」

「なんだ、変な奴か？　そんな奴と付き合ってるのか！」

「お父さん、そんな怒鳴っちゃ駄目ですよ。血圧上がりますよ」

「だがな、娘が変な男に騙《だま》されてたらどうするんだ！」

紗雪は焦って説明した。

「落ち着いてよ。ハルはそんな人じゃない。彼は、私を助けてくれた人なんだよ。思考が停止して動けなくなってる私を、陽《ひ》の差す場所に連れ出してくれた。心が穏やかになるのを待ってくれた。端《はた》から見れば私が頼りないから心配なのかもしれないけど、私は彼が好きだし、ハルと一緒にお店をやれたら私は今より幸せになれる」

彼のことをちゃんと知らなくても、身内にはハルを誤解してほしくなかった。

「親父、ねーちゃんが好きになった人なんだし信用すればいいじゃん。まぁ、気になることはあっても、どうせいつか紹介してくれるんなら、その時直接どうなのか聞けばいいしさ。趣味とかって人それぞれじゃん」

「お前は、そんな簡単に……」

「簡単なことだって、親父が変に考えすぎなだけ。今の時代いろんな人が溢《あふ》れてるじゃん。ただそれだけだって」

弟はあっけらかんとして言葉を紡《つむ》ぐ。こういう弟がいて助かった。母も同じように紗雪を信用してくれるらしい。

父はぶつぶつと文句を言いながらも、ハルとの付き合いとお店の共同経営に反対はしなかった。むしろ開店したら教えてほしいと言われて、紗雪は安心する。

それから母の手料理を久しぶりに堪能《たんのう》し、夜の十時頃に実家をあとにした。

泊まっていけばいいと言われたものの、明日は午後から仕事なのでマンションに戻ったほうが身体が楽だ。

ところがマンションへ帰る途中の駅で、前の会社で一緒に働いていた降旗と偶然再会した。

彼とは正直あまりいい別れ方をしていないので、気まずい。それでも、目が合ったのに挨拶もしないのは失礼だという気持ちから、紗雪は軽く会釈《えしゃく》をして素早く通り過ぎようとした。そこへ、声をかけられる。

やはり気がつかないふりをすればよかったと、紗雪は少しだけ後悔した。

「楠沢！」

「……お久しぶりです」

「久しぶり。あー、前の時はごめん。ちゃんともう一回謝りたくて。諦めないとか言って申し訳なかった」

「いえ……」

「こんな時に会えるなんて、やっぱり縁があるんだよ。一回だけ……一回だけ頼みを聞いてもらえないか!?」

「頼みですか？」

「あぁ、運命だと思うんだ」

相変わらずの彼に紗雪は苦笑いをする。

「気のせいですよ」

こういう相手にははっきりと言ったほうがいい。紗雪はきっぱりと言ったのだが、自分にとって都合のよくない言葉は聞こえないのか、降旗には無視された。

「今度の金曜日って時間ないかな？　バイトしてくれないか？」

「ごめんなさい。私今別のところでバイトしてまして……」

「頼む。今、俺の会社、やっと軌道に乗り始めたところなんだけど、人が少なくてどうしても手を借りたいんだ。十時から五時まででいい。もちろんバイト代は出す。一時間にこれだけ出す」

そう言いながら彼は、指を二本立てた。

「……でも」

「俺が君に嫌な思いをさせたことはわかってる。気持ちが突っ走って、独りよがりだったと反省してたんだ。けど、頼む。この仕事さえ成功できれば、俺についてきてくれた奴らを守れるんだ」

「そもそも、なんで私なんですか？」

「スキルがあるからだよ。仕事は速いし正確。楠沢が作ってくれた資料とかって隙がないんだよな。ただロボットのようにこなしていた仕事を、こうして認めて褒めてもらえると嬉しい。もう二度とあの世界で働こうとは思わないが、やっていたことが無駄ではなかったと報《むく》われる。

その上、話を聞いていると、どうやら紗雪が前の会社でお世話になっていた人も彼の会社にいるようだ。

特に彼と関わり合いになりたいわけではないけれど、この仕事を受けるメリットもある。

一時間二千円という高額なバイト代だ。六時間働いただけだったとしても、一万円は行く。

しかも悩ましいのが、今度の金曜日はたまたま休みだということだ。すぐさま断るだけの理由がない。

紗雪はしばし悩んだ。

「……すみません。やっぱりお引き受けできません」

メリットはあるし、前の会社の人がいるなら、彼らの役にも立ちたい。

けれど、なんでだか降旗と一緒にいることはよくないことだという警報が、自分の中で響いていた。

こういう直感には従ったほうがいい。

もっとも、もう遅かった――

「――そうか、せっかくこれは出さないでおこうと思ったのになぁ」

降旗の雰囲気が突然変わる。紗雪の目の前にスマホが出された。

画面は、紗雪とハルが二人で歩いている写真だ。

「なんですか？　これ」

「んー、君がこの人と付き合っているっていう証拠、かな？」

「それが一体どうしたっていうんですか？」

「知っての通り、最近君の彼、とっても人気あるんだろ？　芸能人のブログに書かれたり雑誌に載ったりで」

「っ……」

「彼自身は芸能人ではないけど、ネタとしては結構旬だと思うんだよね。ほら、昨今は芸能人ではなくてもすっぱ抜かれる時代だろ？　これ、いくらになるだろうね」

「やめてください。やっと少し平穏になってきたところなんです。彼を苦しめるような行為はしないでください」

「じゃあ、来てくれるよね？　会社」

「……っ」

「この写真と引き換えに働いて。これうちの会社の住所だから。それじゃあ、金曜日ね」

紗雪は名刺を捨てることができず、それをくしゃりと握りしめてポケットの中に入れた。

肩を落としてマンションに戻る。

深夜。

紗雪はハルから寝る前に一緒にお茶をしようと誘われた。カフェインレスの紅茶を持っていく。

彼女がいつもより口数が少ないからか、ハルが心配そうにこちらを見た。

「どうしたの？　なにかあった？」

「え？」

「なんだか青ざめてるっていうのか、顔色悪いわよ」

「さ、いきんちょっと疲れてるから」

「……それだけ？」

真剣な顔で聞いてくる。

紗雪は今日あったことを言葉に出そうとしてやめた。そしてなんでもないように、笑う。

「それだけだよ。なにかあったら、ちゃんと伝える」

「そう？　わかったわ」

彼は納得していないみたいだったが、結局なにも言わなかった。

紗雪は自分の部屋に戻り、もう一度降旗のことを考える。

彼のところで一日だけ働くにしては、彼の様子は変だった。脅すにしては些細《ささい》なネタだが、ハルのことまで持ち出すなんておかしい。

けれど紗雪は、この時代のネットの怖さを知っている。

ちょっと芸能人のブログに書かれた、雑誌に載ったというだけで、あれだけの反響があったのだ。モデルのアンと付き合っているのではという噂だって消えていない。それを信じ込んでいるファンだっている。

もし、浮気したと騒がれたら、なにをされるかわからない。楽観的に考えられなくなっていく。

なにもないかもしれない、けれどなにかあるかもしれない。

自分がたった一日降旗のもとで働けば終わるのなら……

ハルが終始心配してくれるので、彼には言えない。

紗雪は降旗の会社についてサイトを調べてみた。検索をかけると、ちゃんとホームページが出てくる。前の会社の取引先が取引先会社のページに何社か出ていた。

起業してからまだ数ヶ月だ。仕事が大変だという彼の話も嘘ではないだろう。

それでも不安になる。

なにか対策をしておいたほうがいいだろうか。

水谷に相談することも考えたが、それではすぐにハルの耳に入ってしまう。できれば、彼に知らせることなく終わらせたい。これ以上心労をかけたくなかった。

自分の行動が正しいのか、もはやわからない。

悩んで、苦しくなる。

ハルに会うと心配させそうで、紗雪は彼との生活時間帯をずらすようにした。

ハルを避け続けて金曜日になる。

紗雪は、ぐしゃぐしゃの名刺を手に小さなビルの前に立った。

嫌な予感がするし、何度も悩んだ。一人で抱え込むと悪い方向に向かうと理解もしている。

それでも、ハルの笑顔が曇るのが嫌だと思った。

紗雪はビルの中へ足を踏み入れる。

ビルの三階でエレベーターを降りると目の前は降旗の会社の玄関で、電話機が置いてあった。

電話で呼び出すと女性がやってくる。知らない人だ。

通されたフロアでは、どうやら修羅場《しゅらば》でみな一心不乱に仕事している。

「あ、ちゃんと来たね」

紗雪が来たことに気がついた降旗が、笑みを浮かべてこちらにやってきた。

今まで普通に見られたその笑顔に恐怖を覚える。

紗雪はどうにか、顔に笑みを貼りつけて挨拶を返した。

「……今日一日だけですが、よろしくお願いします」

「とりあえず彼のところに行って指示貰ってくれるかな」

指さされたほうに視線を向けると、そこには前の会社でお世話になった人がいた。紗雪に向かって手をひらひらと振っている。

「お久しぶりです」

「久しぶり。楠沢ちゃん、なかなかかっこよく会社辞めたね」

「ご迷惑をおかけしました」

「全然。いつ潰れたっていいような会社だったんだし、あのビル点検から意識が正常に戻る人多かったからね。かくいう俺もその一人。降旗に誘ってもらってこっちに移ったんだよ。とりあえず、この資料作成よろしく」

「わかりました」

手渡された資料を確認する。仕事は、これをプレゼン用に作成してほしいというものだった。

社畜時代にそれこそ死ぬほど作ってきた営業用の資料作成だ。紗雪は与えられたパソコンで資料をプレゼン用に纏《まと》めていく。

合間に、元の会社の彼が話しかけてきた。

「楠沢ちゃんは今なにしてんの？」

「カフェでバイトしてます。将来的には、カフェを経営したくて勉強しつつお金貯めてるんです」

「いいねぇ。開店したらぜひ教えてよ。近場だったら絶対常連になるから」

「ありがとうございます」

前の会社では黙々と作業をしていたので、彼が話しかけてくれるのは落ち着く。紗雪はふと疑問に思ったことを聞いてみた。

「あの、嫌じゃなかったんですか？　同じ職種で働くの」

「んー、そりゃあうんざりしていた部分ってある。けど、俺ももう四十代で再就職は難しい。せっかく別のとこで雇ってくれるっていうから、ついてきたのさ。給料は前よりは減ったが、自由度は高い。この仕事が軌道に乗ればさらに楽になれるはずなんだ」

それを聞いて、紗雪は降旗が最初に言っていたことが嘘ではなかったのだと知った。

そして資料作成が終わり、新しい仕事をふられる。それをこなしていると、終了予定の五時になっていた。

紗雪は立ち上がり、降旗のもとへ行く。

「あの……」

「ん？　どうしたの？」

「そろそろ時間になりましたので……」

「時間？」

「はい……、五時の約束でしたよね？」

「でもまだ終わってない。五時までと言ったのは、最初の時だ。あの時、頷いておけばよかったのに、あれは今日一日夜までいたら消してあげるよ」

「……っ、わかりました」

紗雪は一度外に出てコンビニで食料を買い、パソコンの前に向き直る。以前の社畜に戻った気分だ。おにぎりを片手に一心不乱に仕事をする。

七時を過ぎた頃に、なんとか修羅場《しゅらば》を越えた。他の社員は打ち上げだと飲みに出ていく。紗雪も誘われたが、降旗が自分と話があると勝手に断ってしまった。

行きたかったわけではないが、これで飲み会に行って逃げるということができなくなったと、紗雪は不満に思う。

写真を消すところを確認しなければ駄目なのだが、降旗と二人きりにはなりたくなかった。いつでもハルに電話がかけられるようにスマホをポケットに入れる。

ぎゅっと唇を噛んで、降旗を睨《にら》みつけた。

「約束通り、今日一日働きました。例の写真を消してください」

「いいよ。見てて、はい、消した」

「削除フォルダのほうの写真も消してください」

「もちろん。これで、完璧に消えたよ。バックアップは取ってないから。といっても、信用されるかはわからないけどさ」

降旗は拍子抜けするほどあっさりと写真データを消し、紗雪に笑みを向ける。

「これで君を脅す材料が一つ消えた」

「一つ？」

「これからもう一つ増やそうかなと思って」

「なんのためにですか……。言っておきますが、私にはお金なんてありませんよ」

「お金なんていらないよ。君の能力と君自身が欲しいんだ」

「私は物ではないです」

降旗は常に笑顔だというのに、その声は冷え冷えとしている。表情との温度差が激しすぎて、紗雪は寒けがした。

「俺はずっと、君のこと見てたんだけどさ。パワハラ受けようがセクハラ受けようが必死に歯を食いしばって仕事して、泣き言も言わない。あぁ、こういう子を泣かせたら、きっと楽しいだろうなって思ったんだ。ねぇ、俺と付き合おう」

紗雪は一歩後ろに下がる。

あまりにも気持ち悪い発言だ。

もともと降旗とは関わり合いが少なかったので、彼がこんなタイプの男だと知らなかった。

「あの写真を撮ったのはもちろん偶然。前に見た時は彼を女性だと思ってたけど、しばらくして骨格が違うってことに気がついてさ。まさか、君があんなオカマみたいな男と付き合ってるなんて思わなかった。疲れてたというのはわかるけど、わざわざあんなのを選ぶことはないでしょ。まさかあんな奴にかっさらわれるとは、ショックだよ」

彼は一歩一歩迫ってくる。

もしかしたら彼にバイトを頼まれた時、断らなければ、もう家に帰ってハルと一緒に過ごせていたかもしれない。

もちろん、結局今と同じになっていた可能性もあるが、危険度は低かったのではないかと後悔する。

どうやら彼は、紗雪がハルを選んだことが許せなかったようだから……

気持ちの悪い笑みを浮かべながら、降旗がゆっくりと近づいてくる。

紗雪はどうにか逃げなければと頭をフル回転させた。

物を投げて逃げるぐらいしか思い浮かばない。出口まで距離はあるが、自分のほうが出口に近いからどうにかできるかもしれない。

「とりあえず剥《む》いて写真にでも納めようと思うんだよね」

「そんなAVみたいなこと、お断りっ！」

近くの机にあったペン立てを思い切り投げつける。中に刃ものが入っていたからか、降旗がひるんだ。

紗雪が出口に向かって走り出した瞬間、扉が突然開く。

「ひぃっ」

まさか仲間がいたのかと、恐怖で身体が強張る。けれど、見えた顔に紗雪は泣きたくなった。

「はいはい、これで終了よ！　このクソ野郎が、二度と外を出歩けなくしてやんぞ」

そこにいたのは、ハルだった。最初は普段通りの口調だったが、だんだんと低い声になる。後ろから水谷も姿を現した。

「何発かは正当防衛でいけるぞ」

「もちろん。やりすぎない程度にやる」

「ハ、ハル?」

「んふふ、ユキちゃんは大人しくそこで待ってて」

「は……い?」

彼の顔から怒りが滲《にじ》み出ている。紗雪は先ほどまで降旗に感じていた恐怖が消えていくのがわかった。むしろどちらかというと、ハルのほうが怖い。

彼は本当に何発か降旗を殴りつけた。人を殴る音が耳に入り、思わず目を瞑《つむ》ってしまう。

水谷が呆れた声を紗雪にかけた。

「——にしても、お前も勝手に動くなぁ」

「水谷さん……。その、ご迷惑おかけ……します?」

「します、だよ。あいつを抑えるのにどんだけ苦労したか。あの男と二人きりにするだけでも嫌だって最初から乗り込もうとしたのを、どうにか止めてたんだぞ」

「はぁ」

「さっきの会話、録音してたんだ。これで脅迫された証拠が取れたからな」

水谷はそれはもう楽しそうな笑みを浮かべて、紗雪にスマホを見せてきた。

「一応、私もいざとなったら電話しよう……って、あれ? 通話になってる?」

「気づいてなかったのか？」

「え？」

たしかにすぐに電話ができるようにはしていたが、通話ボタンを押した覚えはない。

「結構最初のほうに電話かかってきてたけどな」

水谷が呆れた顔をするが、結果的にはよかったかもしれない。

降旗が動かなくなったのを確認したハルが、駆け寄ってきた。

「ユキちゃぁああん！」

「ひゃいっ」

「アタシはもーれつに怒っているわ。本当に怒っているわ。激おこなんて言葉が可愛いぐらい怒ってるんだからね」

「激おこって、もはや死語なのでは……？」

「そこは関係ないわ！」

「ご、ごめんなさいっ」

「とりあえず、下に車つけてるから帰りましょう」

ハルが紗雪の鞄を手に取って外へ誘導する。

紗雪はちらりと降旗を見た。彼は座り込んでガクガクと震えている。ハルは一体なにをしたのだろうか……

「大丈夫よ。脅迫してきた証拠があるから訴えてやろうかって逆に脅しといたから。今後アタシたちに近づいたら即刻訴えるって伝えて、誓約書に名前書かせて拇印《ぼいん》押させたわ」

「そんなことまでしたの⁉」

「当たり前じゃない、このくらいやらないと。ああいう奴は調子にのらせたら駄目なの」

紗雪はハルと水谷と共に会社を出て、ハルの車に乗り込む。

それにしてもなぜ、二人はここに来られたのだろうか。

紗雪が首を傾《かし》げていると、水谷が説明してくれる。

「陽は君の態度がおかしいと感じて、今日休みを取ってたんだ。それで君のあとをつけてたそうだ」

紗雪は驚きの声を上げる。

「ストーカー！」

「せめて過保護って言ってちょうだい！　それに、そんな茶々をいれる権利は今のユキちゃんにはないのよ」

「……ごめんなさい」

怒られるのが嫌で、考えなしの発言をしてしまった。紗雪は大人しくする。

「あの日、ユキちゃんの様子がおかしくなった上にアタシのことを突然避けだしたから、絶対になにかあると思ったの。実家に戻った直後だったし、家でなにか言われたのかもって思ったけど、違うみたいだった。だから、拓と聡に相談したのよ。拓にはユキちゃんの休みに合わせて休みを貰って、聡に一応ついてきてもらったの。アタシがやらかした時に抑える役をしてもらいたくて」

「本当に抑えるはめになるとは思わなかったがな」

「一日中、あの会社の入っているビルの前で張ってたのよ。人がぞろぞろ出てきた時に一緒に帰るのかと思ったら、一向に出てこないじゃない。心配になって行ってみれば、案の定だったわ。なんなの、あの気持ち悪いくそ野郎は。頭おかしいわね」

「一線を越えた奴なんてだいたいそんなもんだよな。ま、あれはまだ戻れるレベルだったし、あの迫力でこっちも脅したから、もう一度近づいてくるほどバカじゃねぇだろ。せっかく会社辞めて起業したっていうのに、人生棒に振るつもりかって話だしな」

「にしても、腹立つわ。アタシのユキちゃんの裸撮ろうとしたなんて、万死に値するわ」

「……でも、よく何階かわかったね」

「ユキちゃんがエレベーターに乗ったのを確認してから、階段で駆け上がってどこで降りるか確認したわ」

ハルはなんて労力をかけたのか。疲れている彼にこんなことをさせてしまい、紗雪は自己嫌悪に陥《おちい》る。

それを見て、水谷がため息をついた。

「――、次の交差点で俺のことは降ろせ。タクシーで帰るわ。タクシー代は後日請求するからな」

「はいはい、今日はありがとうね。また今度ご飯でも奢《おご》るわ」

「おう、よろしく頼む」

ハルは交差点で丁寧に車を道の端に寄せた。

車を降りた水谷と紗雪の視線が合う。彼は口を動かして「頑張れ」と言ってきた。

そうだ。紗雪にとっての修羅場《しゅらば》はこれからである。

水谷が降りたあと、ハルは黙って運転を続けた。紗雪はあまりの居心地の悪さに泣きたくなる。

やがて車はマンションの駐車場に着く。紗雪は手を引っ張られ、彼の部屋へ入った。玄関先でぎゅうっと強く抱きしめられる。

ハルの身体が震えている。

「心配したのよ。本当に、心配したんだから」

「うん。軽率な行動して本当にごめん。ごめんね」

「いいのよ。……にしても写真ってなんの写真だったの？」

「私とハルが外で手を繋いでる写真。あれをネットに流すって言われたの」

「えっ⁉　そんな写真を流してどうするのよ」

「一応今、ハルって結構、有名になってるでしょ？」

「まあ……ね」

「モデルのアンとの噂が完全に消えたわけじゃないから、ハルに余計な心労がかかるんじゃないかって思ったの。でも、もっと別の方法があったと思う。それなのに、これしか手がないって思っちゃった」

「そうね。まずは相談してほしかったわ。なにが起きてるのか話してくれなきゃ、どうしようもできないじゃない」

ハルが紗雪の身体を離す。彼女の頬を両手で包み込みながら、視線を合わせてくる。

その瞳は慈愛に満ちていて、紗雪は思わず彼に抱きついた。

「ごめんなさい。一人で悩まなきゃよかった。もし、ハルが来てくれなかったらどうなってたかわからない。馬鹿だった」

「そうね。ユキちゃんは大馬鹿よ。でも、何事もなくてよかったわ」

しばらく二人は抱きしめ合い、唇を重ねた。

今日は紗雪をつけていたからなのか、ハルは化粧をせずシンプルなジーンズにシャツ姿。どこからどう見ても男性状態だ。

お互いの唇を貪《むさぼ》り合っていると、ふいに紗雪のお腹がぐううっと鳴った。

「なんてタイミング！」

「ふふ、お腹空《す》いたわね。一緒にご飯食べましょ」

「うん」

紗雪はハルの手伝いをしながら食事の準備をした。そして二人でいただく。

お腹が満足してくつろいでる最中、紗雪はソファーに正座して、ハルへ向き直った。ハルは静かに見つめ返してくれる。

「――ハルさん」

「久しぶりに聞いたわ。さん付け」

「今回は迷惑をかけて本当にすみませんでした。ちゃんと相談しなくて、ごめんなさい」

「えぇ、これからは相談してね。けど、今回はアタシが変に名が知られちゃったのも原因だったんだもの、ユキちゃんだけのせいとは言えないわ」

「ううん。私が相談しなくて勝手したのはそれと別問題だもん。……私たちは知り合ってから短いし、これからも私が暴走して迷惑かけるかもしれない。それでも、そのたびに話し合っていけたらいいなと……思うんです」

「そうね。アタシもそう思うわ。それに、なにか言いたいことがあったら些細《ささい》なことでも言いましょ。我慢は禁物よ」

「うん、だから——今日はハルが好きなようにしてもいい日にしようと思います」

「……それは、そういう意味と取るけど」

「……どうぞ」

にっこりと紗雪が笑うと、ハルの目に欲情が灯る。

彼は意外とわかりやすい。

「じゃあ、今日はちょっと変わった感じにしましょ」

「変わった感じ？」

「そ、好きにしてもいいんでしょう？　大丈夫、ユキちゃんが本気で嫌がることはしないって約束するわ」

「ハルのこと信じてるし、それは……いいけど」

「うふふ、やだー！　楽しみー！」

なぜか彼が、とても上機嫌になってしまった。

もしかしたら厄介《やっかい》なことを言ってしまったのではと、紗雪は少し後悔する。それでも今さら撤回する気はなかった。

準備をしてくると言って、ハルがスキップでもしそうな勢いで洗面所へ向かう。

紗雪はハルのベッドの縁《ふち》に足を組んで座った。寝間着のワンピースの裾からは肉付きがよくなった生足がのぞく。

すぐにハルの声がした。

「ユキちゃんお待たせ！」

「はいはい」

「さ、後ろ向いて」

「後ろ？」

「そ、後ろ」

紗雪は不審に思いながらも、言われた通りに立ち上がりハルに背中を向ける。すると、彼が後ろから抱きしめてきた。

するりと目の前に布が見え、そのまま目を塞《ふさ》がれる。

「め、目隠しプレイなの？」

「そういうことは理解しても口に出さないの。雰囲気がなくなるでしょ」

「ごめん。思わず……。ハルとこういう関係になった時、調べたことがあってね。いろんなプレイを試せば、レスにならないってネットに書いてあったから」

「あら、それってユキちゃんもいつかやろうと思ってたってことかしら？」

こくりと一つ頷く。

紗雪は特に体位やプレイに拘《こだわ》りがなく、よほどのものでない限り嫌悪を感じることがない。

さすがに外でとは思わないが、部屋の中という限られた空間の中であれば、目隠しプレイや放置プレイをやってみてもいいと思う。

それはハルに対する信頼の証《あかし》でもあった。

一度やって嫌だったら、伝えればいいのだから。

「ふふ、ユキちゃんってほーんと……可愛い」

「ひぁっ」

普段のハルの声をよりもワントーン低い声が耳に響く。

別段気にしたことがなかった彼の声色が、なぜかとても気になる。

視覚が閉ざされているというだけで敏感になる部分が増えるのだろうか。

ハルの舌が紗雪の耳の中にぬるりと入り込んだ。

普段触られたり、まして舐められたりすることなどない場所だ。彼の舌の動きが音になり、直接脳内に響いている。

「んっ……」

「――敏感だな」

「ふぁっ、ちょっと……待って！　ハルさんそれは待って」

「なんで？　こういう俺も知ってもらいたい。紗雪を飽きさせないためには、いろいろな手を使っていかないと」

耳元で囁《ささや》かれる言葉は男の口調だ。その声に腰に力が入らなくなり、紗雪はうまく立っていられなくなる。

もちろん普段の彼の声色や話し方が好きだ。それは絶対に。

けれど、こんな形のわかりやすい雄の声は初めてで、ハルではない別の人間に触れられている気分になる。

彼はハルだ。

そんなことはわかりきっている。

紗雪の足を撫《な》でる手も、頬を撫《な》でる指先も彼のものだ。なのに、背徳感が湧き上がる。

ワンピースの裾からハルの手が入り込み、お腹を撫《な》でた。

服が捲《めく》り上がり、身体に冷たい風が当たる。ブラのホックを外され、腕から紐《ひも》が抜き取られた。

「まだ触ってないのに、服の上からでもわかるくらい、ここが主張してる」

「んぁ、んっ」

彼の指先が紗雪の胸の頂《いただき》に触れた。

服の上から爪先でカリカリとかかれ、指の腹で捏《こ》ねられる。それが無性にむず痒《がゆ》い。

耳の中を舌で侵されながら胸を弄《いじ》られ、だんだんと上半身が前へ傾いていった。そのまま紗雪はぼすんとベッドの上に倒れ込み、ハルにお尻を向ける形になってしまう。

「そうやって誘われると、応えなきゃって気持ちになるな」

「も、や、恥ずかしいっ」

「なにが？　俺に見られてるのが？　自分がどんなふうにされてるのか視覚的に理解できないから？」

「全部っ」

見えないけれど、目の前にあるシーツをぎゅうっと握りしめた。腰を落とししゃがみ込もうとしたが、彼の手が腰に添えられ阻《はば》まれる。

ふいにワンピースを捲《まく》り上げられた。

「俺さ、紗雪の太もも好きなんだよなぁ。太ももからお尻に向かっていくこのラインが綺麗で」

「あ、んっ」

ハルの舌が膝裏から太ももの付け根を這《は》う。お尻をぐにぐにと揉《も》まれ、腰に口付けが落とされた。

彼の動きが見えないせいで、次にどこを触られるかわからない。なんとなく予想をしていたのと別の部分を触れられたり舐められたりして翻弄《ほんろう》される。

下着を脱がされ、愛撫《あいぶ》によって蜜を滴《したた》らせる秘処をくぱっと開かれた。

「んぁあ」

「どろどろ。まだちょっとしか触ってないのに、もうこんなになってんの？」

「ん、あぁっ、息っ吹きかけないでっ！」

「ダメって言われると、余計にやりたくなるこの心理、なんだろうな」

「ひぁあっ、ん、んっ」

熱い息が秘処へ吹きかけられ、舌が膣内へ入り込む。ぬぷぬぷと淫猥《いんわい》な音が耳に届いた。

目が見えないぶん耳がより音を拾い、いつも以上に音が響く。

ハルはじゅるじゅると蜜を飲み、舌で膣壁を撫《な》でる。

紗雪は彼から受ける愛撫《あいぶ》に口が開きっぱなしになり、無意識に声を上げ続けた。口の端からよだれが零《こぼ》れていくのがわかる。

ふいに彼の指が花心に触れた。

膣内を舌で花心を指で攻め立てられ、紗雪の喉《のど》が震える。込み上げる劣情に全身が粟立《あわだ》った。

快楽に呑まれてしまいそうで、紗雪は頭を横にぶんぶんと振る。

こんなことで快楽が消えてなくなるわけでもないが、どうにかして過ぎる快感をどこかへ流したい。

そんな紗雪の心情など我関せずで、ハルはひくひくと痙攣《けいれん》している秘処を舐め続けた。太ももから蜜が滴《したた》り落ちていく。

「あぁ、もったいないな」

「ひぅ、うぁああ、あんっ」

蜜が落ちていくのに気がついたハルが太ももに伝う蜜を舐め取り、付け根を強く吸い上げた。

「紗雪の匂いがする。むせ返りそうだ」

「んん」

「この匂いだけで、頭がくらくらする。はやくこの中に俺のを挿《い》れて紗雪を喘《あえ》がせたい」

「はぁ、はっ」

「……けど、もうちょっと舐めたいな」

それならば早く膣内へ挿入してくれればいいのに、どうやらまだハルにその気はないらしい。

紗雪は無意識に腰を揺らした。

「も、舐めなくていぃっ」

脳髄が快楽で埋まっていく。もう舐めなくてもいいのに、彼は紗雪の腰を優しく撫《な》でてじゅるりと蜜を吸い込んだ。

「あぁああ、あ、あ、あっ、んあぁ」

先ほどよりも激しく秘処と花心を攻め立てられる。紗雪は大きな嬌声《きょうせい》を上げて熱い膣を収縮させた。

がくがくと足が揺れて膝をつきそうになるのを、彼の手に支えられてゆっくりと落とされる。床に膝を打ち付けなくてすんだが、ベッドに寄りかかるような状態だ。

ハルの足音が遠くなっていき、紗雪は彼が離れていったのがわかった。

しばらくすると戻ってきて、紗雪の腰を持ち上げる。先ほどと同じようにハルに向かって腰を突き出す形をとらせた。

紗雪は足を軽く開かされる。何かが秘処に当たった。ぬるぬると蜜をまぶそうとするように固い棒が擦《こす》りつけられている。

「あっ」

声が漏れた。

彼の肉棒がぐちゅぐちゅと秘処に押し当てられ、何度もそこを往復しては、紗雪の蜜を塗りたくっている。

それを想像しただけで、紗雪の秘処が疼《うず》いた。

ぬぷっと亀頭部分が入り込んだが、浅い部分でぐちゅぐちゅと粘着質な音を立てながら抽挿を繰り返すだけ。

それでも、紗雪の身体はびくびくと軽く痙攣《けいれん》してしまった。

「またイッた？」

「……っ」

耳元で囁《ささや》かれる低い声に身体がぶるりと震える。

あまりにも刺激が強い。

その快楽にのぼせ、頭がぼんやりする。

意識がゆらゆらしだしたところで、彼の熱い肉棒が陰唇を押し開き膣奥へ挿入された。

「ひぃっ、んぐっ」

あまりの質量に息が詰まる。

何度もこの肉茎を受け入れているというのに、毎回苦しさがともなう。

苦しいのに気持ちがいい。

この太いもので膣壁を擦《こす》られると思わず身体がのけぞる。

ハルはゆっくりと焦《じ》らすように自分の肉棒を動かした。まるで自分の形を覚えさせているみたいだ。

紗雪はなぜか視線を感じた。

身体がぶるりと震える。するとすぐに片足が持ち上げられ、そしてより深く彼の熱棒が挿《はい》り込んできた。

「あ、あんっあぁ……あぁ」

「は、痛いぐらい締めつけてくるんだな。すぐもっていかれそうになる」

「んぁ、あ、んっ」

「普段とちょっと当たるところが違うから、気持ちいいだろ?」

ぱちゅんぱちゅんと結合部分から音が響く。

彼の熱い塊《かたまり》が紗雪の奥を暴いていった。

シーツに胸を押しつけているせいで身体が揺れるたびに擦《こす》れ、快楽を拾う。足はぶらぶらと動き、少し痛いぐらいだ。それでも、奥深くをついてくる彼の肉棒が気持ちよくて、その痛さを訴える気になれない。

「なぁ、もし着けてないって言ったらどうする?」

「え? へ? ひぃっ」

彼の言葉が一瞬理解できず、紗雪は膣内を無意識に締めた。

ハルに限ってそんなことをするわけがない。そうわかっているが、彼が避妊具を着けているかどうか確認していないのだ。

「あぁ、こんなに締めつけて。俺の出してほしいって言ってるようだな」

「あ、んぁ、やっじゃないけどっ、でもっ」

そう、嫌ではない。彼のものを受け入れることは嬉しい。

それでも、まだ付き合っているだけの二人で、互いに将来の夢もある。そんなことが頭を過《よぎ》っていき、支離滅裂になった。

彼はハルであってハルでないように思える。

その時、紗雪は彼が〝陽《よう》〟なのだと理解した。

陽という男を今見せられているのだ。

「陽っ、待ってぇぁあ、あ、あ、あんっ」

紗雪が陽と呼んだ瞬間、彼の動きがより激しくなった。彼女の言葉に反応せず、ただ腰を振りたてる。

肉を打ちつける激しい音が聞こえ、彼の荒い息まで耳に届いた。

強く奥を抉《えぐ》られ、紗雪は一際高い声を上げて快楽の波に呑まれる。

「ひぁあ、あ、あんっ、あぁあっ」

「ぐぅっ」

ハルの苦しそうな声が聞こえる。けれどまだ達してはいないようだ。

二人の熱のこもった息が混じり合う。

するりと紗雪の目の前が開けた。

布が取り去られたらしく、質のいいシーツが見える。紗雪のよだれなのか汗なのか、水のシミがついていた。

「ごめん、ちょっとやりすぎた」

「陽……」

「紗雪にそう呼ばれて、理性が吹っ飛んだ。あと、ほらっ」

ぬぽっと紗雪の中から彼の肉茎が抜かれる。お腹まで届きそうなほどに屹立《きつりつ》したままの肉棒には避妊具がちゃんと着いていた。

「本当にごめん。調子のった」

「それはいいんだけど……。なんかもう、気持ちがよかったです。陽は絶対に私の気持ちを無視しないってわかってるから、着けないなんてありえないとわかってたし……」

ただ紗雪は少しだけ残念にも思っていた。

彼が自分の意思に反することはしないとわかっている。わかっているが、少しだけ期待した部分があった。

彼であればいいかもしれない、と心のどこかで思っていたのだ。

「あのましたら絶対に駄目だと思って、理性総動員させて止めた」

しゅんと勝手に自己嫌悪に陥《おちい》っているハルの頭を、紗雪は優しく撫《な》でる。ベッドにのぼり、ハルに向かって足を拡げた。

「ん……陽、ちょうだい」

今日の彼は陽なのだと思い、そう呼ぶ。

彼は嬉しそうに笑って、紗雪の秘処に亀頭部分をあてがう。ゆっくりと挿入し紗雪を抱きしめた。そしてハルの薄い唇が紗雪の唇を塞《ふさ》ぐ。ずっと後ろからで口付けできず、口が寂しかったのだと、紗雪は気がついた。

舌を絡ませ合いつつ、彼が抽挿を始める。紗雪はハルの首に両腕を回した。

「陽、好き……好きだよ」

「……俺も、好きだ。紗雪が好き」

なぜだかハルが泣きそうな顔になり、動きがゆっくりになる。

彼は紗雪の背中を持ち上げながら身体を起こした。自身の上に跨《また》がらせて対面座位になる。

紗雪は彼の腰に両足を絡ませて彼の柔らかい髪に触れる。

自分よりも大きい耳に触れ、目に触れ、鼻に触れ、唇に触れる。

どこもかしこも自分とは違う。

彼を女性だと信じ込んでいた自分に驚く。

「顔触って楽しい？」

「うん。楽しい。パーツごとに見ても綺麗でかっこいいのに、集結させても素晴らしいって、神は不平等だなってちょっと思う」

「なんで？」

「私ももっと鼻が高かったらなぁとか、いろいろ考えるから」

「そのまんまでも可愛いのに」

「陽にいつも可愛いって言われるとね。なんだか、私は可愛いんだって思えるようになる。愛されてるってこんな感じになるんだなって実感中」

「さっきみたいに激しく襲うぞ」

「それはそれで、あり」

他愛のない会話をしながら触れ合う。それでも繋がったままのそこは、変わらず熱が灯ったままだ。

「ちょっと動かそうか」

ハルが腰をゆらゆらと揺らし始めた。

「なんだかブランコみたい」

「こういうのもいいかなって、俺のがよくわかるだろ？」

言われると、今自分の中にある彼の肉棒の形を意識してしまう。それまではなにも考えていなかったというのに。

ハルの太さや長さ、座っているせいでいつもより奥まで挿《はい》っていることまでわかる。

ゆらゆらと動くたびに絶妙にあたる部分が変わって、紗雪は小さく甘い声を漏らした。

「さっきまでイッちゃいそうだったのに、なんで突然こんなスローセックスになったの？」

「んー、なんだかもったいないからかな」

「もったいないって？」

「俺の状態でするのは今日が初めてだろ？」

「うん」

「それが終わるのがもったいない。紗雪が陽っていう俺のことも受け入れてくれて、可愛い顔して誘ったり笑ったりするのをずっと見てたい。というより、一生抜きたくない」

「このまま溶けて一つになっちゃえば抜けないよ？」

ありえない話だ。それでも、繋がっている部分から溶けて交じり合い離れなくなればいい。そうすれば永遠に一緒にいられる。

けれど――

「けど、それはつまんないな」

ハルの言葉に笑みが零《こぼ》れる。

「ふふっ」

「どうした？」

「ううん。同じこと考えてるなーって思って」

「さすが俺と紗雪って感じ。もっといろんな体位を試して、紗雪の身体がどれだけ変わるか見たいしな」

「え、まさかの調教発言」

「男のロマンだ」

紗雪は笑いながら、彼の肩口に唇を寄せてぺろぺろと舐めた。

ハルも紗雪の首筋に舌を這《は》わせ痕《あと》をつける。

「さすがに、そろそろ限界」

「好きにしていいよ」

「後悔しても知らないからな」

「陽がしてくれることに後悔なんてしないよ」

――なんでも許せてしまいそうなほどに、好きなのだから。

ハルが紗雪の身体をきつく抱きしめ、そのままベッドに寝転がった。強く抱きしめられたまま、彼に囲われる。

窮屈だが、その拘束が嬉しい。

彼がぱちゅんぱちゅんと激しく腰を振り、紗雪の奥を刺激する。

「ん、んぁあ、あ、あんっ」

膣壁を擦《こす》られるたびに嬌声《きょうせい》が零《こぼ》れた。彼の髪の毛が顔にあたり、汗が紗雪の身体に染み込む。

「紗雪、舌、出して」

「んっ」

言われた通りに舌を出すと、彼に舌を扱《しご》かれた。唇を舐められて塞《ふさ》がれる。

満足に酸素が入ってこない。

膣奥を穿《うが》たれ、ぐりぐりと刺激される。収縮する隘路《あいろ》を彼の熱棒は突き上げた。

頭が真っ白になっていき、紗雪は彼の背中に爪を立てて絶頂を迎える。

「ん、ん、んっー」

絶頂を迎えても口付けをやめてもらえない。苦しくなった。

やっとハルの唇が離れると、口の端から唾液が伝う。

「は、俺もっ、もうっ、あ、紗雪っ、出るっ」

白濁を絞りとるように膣壁がうねる。彼の肉棒が膨れ上がり、避妊具越しにも激しく吐き出されたのがわかった。

ハルは両手で紗雪の頬を包み込み、柔らかい口付けを落とす。

ずるりと肉棒が紗雪の中から抜かれた。

少しの喪失感を覚える。

ハルは避妊具を処理し、紗雪の横にごろりと寝転がった。

紗雪はシャワーを浴びたいと思いながらも、二人で穏やかな時間を過ごす。

陽はハルに戻っていた。

「――アタシはアタシだけど、陽っていう昔からいた自分も存在していて、どんなふうに言葉にすればいいのかわからないけど、ユキちゃんにはそれを受け入れてもらいたいって勝手に思っちゃったの」

「なんとなく……わかる」

「最初はただちょっとした雰囲気変えというのか、単調にならないよーにっていう気持ちだったんだけど、なんだか乗っ取られちゃった感じ」

「私は今目の前にいるハルも、ちょっと乱暴で意地悪な感じの陽も、どっちも好き。大好き。だから、大丈夫だよ」

「ありがとう……」

「また泣きそうな顔する」

ハルが紗雪の胸に顔を埋める。紗雪はそんな彼の頭を優しく撫《な》でた。

別に二重人格というわけではない。昔からいた陽という人間と今のハルという人間が存在しているだけ。

陽がいるから今のハルがいる。どちらも彼自身なのだ。

「アタシね。ユキちゃんと出会った時、かみなりに打たれたみたいな気分になったの」

「なに？　一目惚《ひとめぼ》れ的な？」

「そうなのかしら。ただ、アタシずっとユキちゃんのこと見てたのよ」

「やっぱりハルは私のストーカーなの？」

「違うわよっ」

ハルが叫ぶ。

自分たちはまったくシリアスな雰囲気にならない。それがらしいいのだと紗雪は思う。

「普通に真面目な話なら、ワンピース着てもいい？」

「いいわよ。アタシも下だけ穿《は》くわ」

お互い服を着て改めて寝転がりながら話をする。どうやら、ハルは紗雪が会社勤めしていた頃、終電で帰ってくるのを何度も目撃していたらしい。

「アタシ、だいたい十二時から一時ぐらいの時間をベランダで過ごすのよ。ちょっと一杯やりながら、明日のこと考えたりね。風にあたるのが気持ちいいっていうのもあったんだけど。そうしたら、いつも下向いて歩いている女の子見ちゃうじゃない。気になっちゃったのよねぇ。あんな時間に一人で歩いてるのが心配で――」

「……ん、待って」

毎日見ていたわけではないらしいが、ベランダに出た時、紗雪を見つけると、ちゃんとマンションの中に無事に入るか見届けていたという。

「どうしたの？」

「見届けてたってことは、私がハルと同じマンションだって知ってたんだよね？」

「えぇ、知ってたわ」

「それって、最初に会った時、嘘ついてたってこと？」

「え？　え？　なんの話？」

ハルは本当によくわかっていない顔をする。

「だって、初めて会った時、ハル、『同じマンション？』って驚いた表情してた！」

「あー……、あぁっ！　思い出したわ。たしかに同じマンションに住んでることを知らないふりしたわね。だって偶然会った人間が同じマンションに住んでることを知ってるなんて気持ち悪いじゃない。でも、同じ階に住んでたのは知らなかったのよ。それは本当」

「――まぁ、いいんだけどさ」

　別に怒っているわけではない。

　紗雪は彼に出会うまでハルのことを知らなかったのに、彼はもっと前から知っていた。そこに、なんとなく悔しさを感じただけだ。

「……えぇと、話を元に戻すんだけどね。アタシ元々弁護士してたじゃない？」

「言ってたね」

「その時に結構、ブラック会社で働いているっていう人たちに相談を受けてたの。だから、最初はそういう意味で気になってたの。きっと、この子はひどい環境で働いてるんだろう。アタシが助けてあげなきゃいけないいんじゃないかしらって」

　そんなふうに見ていた紗雪との出会いは運命的だったとハルが言う。

「荷物落として最悪って思ってたのに、それすら神様に感謝してるのよ。この子、凄《すご》くいい子なんだとわかったんだもの。普通他人の落とし物追いかけて坂道駆け下りる？」

「どうだろう……。無意識だったし」

「毎日毎日深夜に帰ってくるような疲れてる女の子が、無意識にそんな行動をしたっていうことは、とても優しい子ってことよ。すさんでる時こそ本性出るのが人間よ。少なくない人が、疲れると人に当たったり無視したりするじゃない。別に悪いわけではないのよ。仕方ないって気もするし」

「それで一目惚《ひとめぼ》れ？」

「そ、一目惚《ひとめぼ》れ。深夜まで頑張ってる苦しい状況でも、他人に優しくできる子に運命を感じちゃったわけ」

「なんか、そんな大それた人間でもないのに照れるっ」

「可愛いぃ、本当に可愛いわぁ。それでちょっと話聞いたら社畜で苦しそうで、もうアタシが助けて惚《ほ》れてもらうしかないって思ったわけよ！」

「計算高い！」

「男女の恋愛にはそういうのも必要なのよ！」

なんだか彼の手助けが、どろどろの欲にまみれていた気がしてくる。

「嫌だった？」

「うーん。なんか、そんなことでっていう気持ちがないわけではないけど。なんというか社畜してよかったかなぁって思った」

紗雪が笑って言うと、ハルも笑った。

「それにね。一緒に過ごせば過ごすほど、この子しかいないなぁってしみじみしちゃったの。だからね。ちゃんと育《はぐく》まれてるのよ。アタシたちの愛は」

「そっかぁ。そうだよね。どんなきっかけであろうと、二人で育てたものはきっと綺麗に咲き誇ってるよね」

「もちろんよ」

誰かと一緒にいることでこんなに穏やかで幸せな気持ちになれるとは、思ってもいなかった。

紗雪は、ハルに抱きついてもう一度唇を重ねた。


それから十ヶ月後。浪川の店を辞めた二人は、開店作業に追われていた。

飲食店営業許可証を貰いに行ったり、お店の雰囲気を統一できるように内装を変えたりと、なかなかの労力ではあったが、どうにか開業までこぎつけることができたのだ。

お店の名前は紗雪が好きな色で、ハルが最初にしてくれたネイルを思いださせる藤を英語にした。シンプルだけれど、気に入っている。

藤の花言葉は何種類かの意味が存在する。

歓迎、恋に酔う。

——そして、決して離れない。

どれもが自分たちらしい気がする。

特に、決して離れないは少し重くて怖いが、紗雪はハルとの誓いのようで気に入っていた。

開業日は、紗雪とハルがお店を一緒にやろうと決めた日だ。

出会ってから一年半、二人で目標を決めてから一年。

彼がいなかったら、自分はもしかしたら倒れていたかもしれない。自分を見失って部屋に引きこもっていたかもしれない。

けれど、こうして好きなものを見つけることができて、やりたいことが見つかって、最愛の人は隣で笑っている。

ハルもまた紗雪と出会ったことで、自分が本来どうしたいのかを考えたのだそうだ。


今日からまた新たな日々の始まり。

カランと小鳥のドアベルが響く。

紗雪とハルは一人目のお客様を迎え入れた。

「――いらっしゃいませ。ようこそ、ウィステリアへ」

結婚に憧れているものの、真面目すぎて恋ができない舟《しゅう》。ある日彼女は停電中のマンションで、とある男性に助けられる。暗くて顔はわからなかったけれど、トキメキを感じた舟は、男性探しを開始！　ところが彼が見つからないばかりか、隣の住人が大嫌いな同僚・西平《にしひら》だと知ってしまう。しかも西平は、なぜか舟に迫ってきて――!?

B6判　定価：本体640円＋税　ISBN 978-4-434-25550-2

漫画 おとねこね Otonekone

原作 有涼 汐 Seki Uryo

家庭的で気遣い屋の若葉《わかば》は、周りから“お母さん”と呼ばれる地味系ＯＬ。そんな彼女が突然、イケメン上司・御影《みかげ》にお持ち帰りされちゃった⁉　強引で俺様な性格の彼なのに、若葉に対してはなぜか熱愛モード。脇役気質の若葉は、そんな彼の溺愛ぶりに戸惑うばかりで――⁉

B6判　定価：640円＋税　ISBN 978-4-434-23567-2

エタニティ文庫

エタニティ文庫・赤

ラブパニックは隣から

有涼汐
装丁イラスト／黒田うらら
定価 640円＋税

真面目すぎて恋ができない舟《しゅう》。結婚に憧れはあるものの、気になる人もいない。そんなある日彼女は、停電中のマンションでとある男性に助けられた。暗くて顔はわからなかったが、どうやら同じマンションの住人らしい。彼にトキメキを感じた舟は、その男性を探し始める。その途中、大嫌いな同期が隣に住んでいると知り……!?

エタニティ文庫・赤

君に10年恋してる

有涼汐
装丁イラスト／一成二志
定価 640円＋税

同じ会社に勤める恋人に手ひどく振られ、嫌がらせまでされるようになった利音《りね》。仕事を辞め、気分を変えるために同窓会に参加したのだけれど……そこで再会した学年一のイケメンの狭山《さやま》と勢いで一夜を共にしてしまった！　翌朝、慌てて逃げたものの、転職先でなぜか彼と遭遇してしまい――!?

エタニティ文庫・赤

わたしがヒロインになる方法

有涼汐
装丁イラスト／日向ろこ
定価 690円＋税

面倒見が良く料理好きな若葉《わかば》は、周りから〝お母さん〟と呼ばれる地味系ＯＬ。そんな彼女が突然イケメン上司にお持ち帰りされた！　俺様な彼なのに、ベッドの中では一転熱愛モード。恋愛初心者の若葉にも一切容赦はしてくれない。二人は恋人のような関係を築くけど、脇役気質の若葉は彼の溺愛に戸惑うばかりで……

※エタニティブックスは大人の女性のための恋愛小説レーベルです。ロゴマークの色で性描写の有無を判断することができます（赤・一定以上の性描写あり、ロゼ・性描写あり、白・性描写なし）。

詳しくは公式サイトにてご確認ください。
http://www.eternity-books.com/

携帯サイトはこちらから！

～大人のための恋愛小説レーベル～

ETERNITY

エタニティブックス

エタニティブックス・赤

生真面目な秘書は愛でられる

有《う》涼《りょう》汐《せき》

装丁イラスト／無味子

長身で女性らしさに欠ける外見がコンプレックスの燕《つばめ》。秘書の仕事は頑張るものの、恋愛には消極的でいた。これではいけないと悩みまくっていたある日、社内一ハイスペックな副社長にお見合い除けのための恋人役を頼まれた！　自分には無理だと断ろうとするも、引き受けざるを得ない状況に追い込まれ⁉

エタニティブックス・赤

嘘から始まる溺愛ライフ

有《う》涼《りょう》汐《せき》

装丁イラスト／朱月とまと

たった一人の家族だった祖母を亡くした実羽《みう》。すると、突然伯父を名乗る人物が現れ、「失踪した従妹が見つかるまで彼女のフリをしてとある社長と同棲しろ」と命令される。強引に押し切られ彼女はしぶしぶこの話を引き受ける。いざ一緒に住み始めると、彼は不器用ながらも優しい人。実羽は、どんどん惹かれていき――⁉

※エタニティブックスは大人の女性のための恋愛小説レーベルです。ロゴマークの色で性描写の有無を判断することができます（赤・一定以上の性描写あり、ロゼ・性描写あり、白・性描写なし）。

詳しくは公式サイトにてご確認ください。
http://www.eternity-books.com/

携帯サイトはこちらから！

この作品に対する皆様のご意見・ご感想をお待ちしております。

おハガキ・お手紙は以下の宛先にお送りください。

【宛先】

〒150-6005 東京都渋谷区恵比寿4-20-3 恵比寿ｶﾞｰﾃﾞﾝﾌﾟﾚｲｽﾀﾜｰ 5F
（株）アルファポリス　書籍感想係

メールフォームでのご意見・ご感想は右のＱＲコードから、
あるいは以下のワードで検索をかけてください。

アルファポリス　書籍の感想　検索

ご感想はこちらから

指先《ゆびさき》まで愛《あい》して　～オネェな彼《かれ》の溺愛警報《できあいけいほう》～

有涼汐（うりょうせき）

2019年 3月 31日初版発行

編集－黒倉あゆ子
編集長－塙綾子
発行者－梶本雄介
発行所－株式会社アルファポリス
〒150-6005 東京都渋谷区恵比寿4-20-3 恵比寿ｶﾞｰﾃﾞﾝﾌﾟﾚｲｽﾀﾜｰ5F
TEL 03-6277-1601（営業） 03-6277-1602（編集）
URL http://www.alphapolis.co.jp/
発売元－株式会社星雲社
〒112-0005 東京都文京区水道1-3-30
TEL 03-3868-3275
装丁イラスト－逆月酒乱
装丁デザイン－AFTERGLOW
（レーベルフォーマットデザイン—ansyyqdesign）
印刷－図書印刷株式会社

価格はカバーに表示されてあります。

落丁乱丁の場合はアルファポリスまでご連絡ください。

送料は小社負担でお取り替えします。


ISBN978-4-434-25783-4 C0093